GW00984545

QUAND ON REFUSE ON DIT NON

Le jour de sa disparition – le 11 décembre 2003 – Ahmadou Kourouma laissait en chantier un roman dont il avait écrit la majeure partie et défini le titre : *Quand on refuse on dit non.* Il souhaitait donner une suite aux aventures du petit Birahima, le héros de *Allah n'est pas obligé*, l'enfant-soldat. Revoici donc Birahima, amoral, espiègle ou naïf, de retour au pays natal, la Côte-d'Ivoire ; et c'est la guerre tribale qui recommence, les charniers qui se multiplient. Birahima serait fusillé à son tour si des femmes ne le cachaient sous un lit. Parmi celles-ci se trouve Fanta, la fille du recteur d'une des mosquées. Fanta, si belle et si gentille, qui lui demande de l'accompagner jusqu'à la ville de Bouaké, au nord, en zone rebelle.

Chemin faisant, la jeune fille enseigne à son élève ignare l'histoire récente de la Côte d'Ivoire, que le gamin interprète à sa façon, naïve et malicieuse…

Un synopsis et deux fragments ajoutés en annexe dessinent en pointillés les ultimes contours de ce très beau roman posthume.

par le prix du Livre Inter en 1999 pour En attendant le vote des bêtes sauvages *et le prix Renaudot 2000 pour* Allah n'est pas obligé. *Enfin, le Grand Prix Jean Giono, pour l'ensemble de son œuvre, lui a été décerné en 2000.*

Ahmadou Kourouma

QUAND ON REFUSE ON DIT NON

ROMAN

*Texte établi
par Gilles Carpentier*

Éditions du Seuil

TEXTE INTÉGRAL

ISBN 2-02-082721-2
(ISBN 2-02-068022-X, 1re publication)

© Éditions du Seuil, septembre 2004

www.seuil.com

Aux courtisans ébahis dont aucun ne croyait que la menace serait mise à exécution, Djigui lança la fameuse parole samorienne : « Quand un homme refuse, il dit non », et joignant l'acte à la parole, il commanda qu'on harnachât incontinent son coursier.

Ahmadou Kourouma,
Monnè, outrages et défis

Quand on refuse
on dit non

I

Le singe qui s'est échappé en abandonnant le bout de sa queue dans la gueule du chien n'a pas dans l'échappée la même allure que les autres de la bande.

Quand j'ai su que la guerre tribale avait atterri en Côte-d'Ivoire... (La République de Côte-d'Ivoire est un État de la côte occidentale de l'Afrique. Elle est comme toutes les républiques foutues de cette zone, démocratique dans quelques domaines mais pourrie jusqu'aux os par la corruption dans tous les autres.)

Quand j'ai su que la guerre tribale y était arrivée, j'ai tout laissé tomber et je suis allé au maquis (bar mal fréquenté) pour me défouler (me libérer des contraintes, des tensions). Je me suis défoncé et cuité (drogué et soûlé). En chancelant et en chantant, je suis rentré à la maison. En arrivant, j'ai crié haut plusieurs fois à l'intention de Sita, la femme de mon cousin : « Je m'en fous, la guerre tribale est là. » Je suis allé dans ma chambre et j'ai sombré dans le sommeil.

A mon réveil, tout le monde était autour de moi. Il y avait Sita ma tutrice, la femme de mon cousin, ses enfants, les enfants des cousins et d'autres personnes. Tous me regardaient comme une bête sauvage tirée du fond de la brousse par un chasseur. Et Sita m'a demandé :

« Petit Birahima, qu'as-tu fait ? Est-ce que c'est bien, ce que tu as fait ? »

J'ai répliqué :

« Je m'en fous, je m'en fous. La guerre tribale est arrivée en Côte-d'Ivoire. Hi Pi ! »

J'ai mis le pied dans le plat pour provoquer Sita. Je leur ai déclaré tout haut, à eux qui étaient RDR dioulas (musulmans nordistes) et opposants :

« Le président Gbagbo a beau être bété (Bété est le nom d'une tribu de la profonde forêt de la Côte-d'Ivoire), c'est un type bien. Le président Gbagbo est le seul à avoir été un vrai garçon sous Houphouët, le seul à avoir eu du solide entre les jambes. Il a été le seul opposant à Houphouët (Houphouët a été le dictateur bonasse et rancunier du pays pendant la guerre froide). »

Ces déclarations ont rendu folle Sita. Elle m'a

12

infligé une bonne gifle et des coups de poing bien appuyés. A chaque coup de poing, je répondais :

« Gbagbo le président est un type bien ! »

Pan !

« C'est un Bété mais un type bien ! »

Pan !

« Un type bien ! »

Et ainsi de suite. Les coups de Sita et mes répliques ont duré près de cinq minutes.

Entre-temps mon cousin est arrivé. En entendant mes répliques, il a été écœuré (écœuré signifie, d'après mon dictionnaire, dégoûté). Il a ronchonné, il a rebroussé chemin et il est parti vers sa clinique. Je ne devais jamais plus le revoir car c'est quelques jours après que la guerre tribale est arrivée pour de bon à Daloa. C'est à Daloa que je me trouvais quand j'ai quitté le pays sauvage et barbare du Liberia.

Sita, sa femme, je l'ai revue. Elle était professeur de français au lycée de Daloa. C'est auprès d'elle que j'ai eu à raconter ce blablabla.

Mais avant d'entrer dans la guerre tribale en Côte-d'Ivoire, suite ininterrompue de massacres et de charniers barbares, je vais vous présenter mon pedigree (d'après mon dictionnaire, pedigree signifie vie de chien errant sans collier).

Un jour, ça viendra, je serai peinard comme un enfant de développé (développé signifie ressortissant d'un pays développé. Un pays du Nord où il fait froid, où il y a de la neige), et tous les enfants d'Afrique avec moi. Allah l'omniprésent qui est au ciel n'est pas pressé mais il n'oublie jamais aucune de ses créatures sur terre. Même au vautour aveugle, il accorde sa pitance journalière (sa pitance signifie sa nourriture, son attiéké). Pourquoi il m'oublierait, moi, petit Birahima, qui ai commencé à régulièrement courber mes cinq prières journalières ? Bon, pour le moment, c'est pas ça ; pour le moment, ça marche pas fort, le calvaire continue (calvaire signifie, d'après mon dictionnaire, la merde, le bordel). Mais Allah n'est pas obligé de m'accorder tout de suite l'argent à profusion, pour acheter un gbaga et marier Fanta, la plus belle femme du monde. Moi, Birahima, je suis dingue de Fanta. Faforo (cul de mon papa) !

Après les guerres tribales du Liberia et de Sierra Leone, je croyais que c'était le comble (signifie le summum, l'apogée). Non, le bordel dans la merde au carré continue. Me voilà perdu et vagabondant dans les massacres et les charniers barbares de la Côte-d'Ivoire. (En Côte-d'Ivoire, les armées loyalistes et rebelles massacrent les habitants et entassent les cadavres dans un trou. C'est ce qu'on appelle un charnier.)

C'est toujours moi, petit Birahima, qui vous ai parlé dans *Allah n'est pas obligé*.

Il y a quatre ou six mois (je ne sais exactement combien), j'ai quitté le Liberia barbare de Charles Taylor, son dictateur criminel et inamovible. Je me présente à ceux qui ne m'ont pas rencontré dans *Allah n'est pas obligé*. Je suis orphelin de père et mère. Je suis malpoli comme la barbiche d'un bouc. J'emploie des gros mots comme gnamokodé (putain de ma mère), faforo (cul de mon papa), walahé (au nom d'Allah). Je parle mal, très mal le français, je parle le français de vrai petit nègre d'un enfant de la rue d'Abidjan, je parle le français d'un gros cuisinier mossi d'Abidjan. Walahé (au nom d'Allah)!
J'ai fait l'enfant-soldat (small-soldier) au Liberia et en Sierra Leone. Je recherchais ma tante dans ces foutus pays. Elle est morte et enterrée dans ce bordel de Liberia là-bas (bordel de pays signifie cloaque, bourbier). Je pleurerai toujours ma tante. Une bonne musulmane qui me cuisait toujours du riz à sauce graine avec gombos. Faforo (cul de mon père)!
J'ai été recueilli par mon cousin Mamadou Doumbia, docteur à Daloa en Côte-d'Ivoire. Daloa est une ville en pleine terre bété. C'est la capitale du pays bété. Le Bété, c'est une ethnie, une tribu ivoirienne de la forêt profonde dont nous parlerons beaucoup.

15

(Quand c'est un groupe de blancs, on appelle cela une communauté ou une civilisation, mais quand c'est des noirs, il faut dire ethnie ou tribu, d'après mes dictionnaires.)

Les Bétés sont fiers d'avoir plein d'ivoirité ; ils parlent toujours de leur ivoirité (ivoirité : notion créée par des intellectuels, surtout bétés, contre les nordistes de la Côte-d'Ivoire pour indiquer qu'ils sont les premiers occupants de la terre ivoirienne). Les Bétés n'aiment pas les Dioulas comme moi parce que nous sommes opportunistes, versatiles et obséquieux envers Allah, avec les cinq prières journalières (opportunistes et versatiles signifient que nous changeons à chaque occasion comme des caméléons). Et nous, les Dioulas, sommes toujours en train d'acheter des fausses cartes d'identité pour avoir et obtenir l'ivoirité. Nous sommes toujours en train de réclamer les terres que les Bétés nous avaient vendues pendant les périodes où la terre appartenait à ceux qui la cultivaient. La période bénie du dictateur roublard, sentencieux et multi-milliardaire Houphouët-Boigny. Les Bétés ont commencé à chasser les Dioulas et à reprendre les terres du pays bété quand Gbagbo est monté au pouvoir par des élections contestées. Au cours de ces élections, la gendarmerie est allée chercher des Dioulas en ville et les a fusillés comme des lapins. Puis les a

16

largués à la décharge de Yopougon comme les vraies
ordures. Ça puait. Ça empestait tout le quartier. On
les a balancés dans un trou béant creusé sur place et
on a appelé cela le charnier de Yopougon. Le fameux
charnier de Yopougon! Le charnier de Yopougon
a été le premier. Beaucoup de charniers allaient
suivre dans la guerre tribale et barbare de la Côte-
d'Ivoire. Malgré de nombreux charniers, les Dioulas
sont toujours nombreux en Côte-d'Ivoire. Ils pullu-
lent comme des cancrelats, des sauterelles, à Daloa
et dans tout le pays bété environnant.

J'ai déjà dit que mon cousin Mamadou Doumbia
m'avait mis comme apprenti chauffeur chez Fofana,
un Dioula comme lui et moi. Il m'a placé à l'école
coranique chez Haïdara, un imam (chef religieux),
pour que j'apprenne les versets du Coran. Haïdara
est aussi un Dioula. Malinkés, Sénoufos, Mossis,
Gourounsis, etc., sont kif-kif pareils des Dioulas
pour un Bété. En réalité, les vrais Dioulas sont des
Malinkés comme moi. Nous, les Malinkés, sommes
une race, une ethnie, une tribu du Nord de la Côte-
d'Ivoire. Nous grouillons dans tous les pays sahéliens
de l'Afrique de l'Ouest : Guinée, Mali, Sénégal, Burkina, etc. Partout en train de chercher à faire du
profit avec du commerce plus ou moins légal. Les
Dioulas ou Malinkés n'aiment pas les Bétés, ils se
moquent d'eux. Ils les trouvent très violents et très

17

grégaires (qui suivent docilement les impulsions du groupe dans lequel ils se trouvent). Les Bétés sont toujours prêts à manifester et à tout piller (les maisons et les bureaux). Ils sont toujours prêts à se battre.

Moi, petit Birahima, j'ai déjà dit que je suis un Dioula comme mon patron Fofana et comme mon maître Haïdara. Fofana est un Dioula qui possède quatre gbagas (camionnettes Renault pour le transport en commun). Il est marié à quatre femmes. La dernière est la préférée, elle est bien instruite. Elle a une licence et enseigne l'anglais dans un lycée de la ville. Fofana courbe régulièrement les cinq prières par jour et jeûne pendant tout le mois de ramadan.

Mon maître Haïdara est un imam. Il est obséquieux envers Allah. Il le prie et dit le chapelet tout le temps. Il jeûne pendant tout le mois de carême et trois jours par semaine les autres mois de l'année. Il enseigne l'arabe et le français dans un établissement appelé une medersa.

Voilà ce que je peux dire sur moi et sur mon environnement. Ceux qui veulent savoir plus que ça sur moi et mon parcours n'ont qu'à se taper *Allah n'est pas obligé*, prix Renaudot et neuf autres prix prestigieux français et internationaux en 2000, et traduit dans vingt-neuf langues étrangères. C'est pour dire qu'ils n'auront pas une trop mauvaise lecture.

Ils apprendront, entre autres merveilles, que j'ai quatre dictionnaires pour me débarbouiller et expliquer les gros mots qui sortent de ma petite bouche. Larousse et Petit Robert pour le français français des vrais Français de France ; le Harrap's pour le pidgin (le pidgin est une langue composite née du contact commercial entre l'anglais et les langues indigènes) ; l'Inventaire des particularités lexicales du français d'Afrique noire pour les barbarismes d'animistes avec lesquels les nègres d'Afrique noire de la forêt et de la savane commencent à salir, à noircir la limpide et logique langue de Molière. Le Larousse et le Petit Robert permettent d'expliquer le vrai français français aux noirs animistes d'Afrique noire. L'Inventaire des particularités lexicales du français en Afrique noire essaie d'expliquer aux vrais Français français les barbarismes animistes des noirs d'Afrique.

Mais j'ai employé trop de blablabla pour dire qui je suis et où je suis. Maintenant, racontons ce qui s'est passé dans ce criminel de pays appelé la Côte-d'Ivoire. Racontons ce qui s'est passé dans cette fichue bordélique ville bété de Daloa.

Je commençais à savoir bien aboyer les destinations des gbagas, à bien réciter les versets du Coran, et la clinique de mon cousin Mamadou Doumbia marchait à merveille lorsque, dans la nuit, tralala... tralala. Faforo (cul de mon papa), les rebelles du

Nord plein de Dioulas ont attaqué Daloa paisible.
Les premières heures, j'étais content, très content.
La guerre tribale était là et bien là, comme au Liberia et en Sierra Leone. Ils étaient sortis de partout.
C'était en majorité des Dioulas, des chasseurs traditionnels, les fameux dozos qu'on appelle au Sierra
Leone les kamajors. Ces chasseurs étaient bardés
de nombreux grigris, de nombreuses amulettes au
cou et aux bras (les grigris et les amulettes sont des
objets magiques de protection). Les loyalistes, les
soldats de Gbagbo qui défendaient la ville, ont tiré
plusieurs fois sur les assaillants sans parvenir à les
tuer. Les balles ne les pénétraient pas à cause de
leurs grigris et de leurs amulettes. Walahé (au nom
d'Allah)! En fait, les soldats loyalistes qui ne vou-
laient plus mourir pour le régime du président
Gbagbo ont pris prétexte de l'invincibilité supposée
ou réelle des assaillants pour se débarrasser de leurs
armes et décamper à toutes jambes. Ils se sont débar-
rassés de leurs armes et aussi de leurs tenues militaires et ils se sont réfugiés dans la forêt. Dans la
forêt, ils se sont bien cachés comme des taupes.

Les rebelles étaient maîtres de la ville sans coup
férir (sans difficulté). Ils ont rassemblé les gendarmes
qui n'avaient pas eu le temps de fuir. Ils les ont
mitraillés comme des bêtes sauvages. Ils ont jeté les
corps dans un charnier, ils ont fait des cadavres un

immense charnier. Le charnier va pourrir. La pourriture va devenir de l'humus (humus : matière organique provenant de la décomposition des matières animales ou végétales). L'humus deviendra du terreau. Ça permet de terreauter le sol ivoirien. C'est ce que j'ai appris en feuilletant mes dictionnaires. Donc les charniers, ça permet de terreauter la terre ivoirienne. Les charniers donnent du terreau à la terre ivoirienne. C'est le terreau des charniers qui permet à la Côte-d'Ivoire d'avoir un sol riche qui nourrit du bon café, de la bonne banane, du bon hévéa, et surtout du bon cacao. La Côte-d'Ivoire est le premier producteur du monde de cacao et produit le meilleur cacao qui fait le meilleur chocolat du monde. Faforo (cul de mon père) !

Les gendarmes de Daloa ont été massacrés et les cadavres jetés dans un charnier parce que ce sont d'autres gendarmes, le 26 octobre 2000 à Abidjan, qui ont enlevé et rassemblé les Dioulas puis les ont mitraillés et ont jeté leurs corps dans un charnier géant à Yopougon (Yopougon est une cité-dortoir au nord d'Abidjan). Les autres fonctionnaires loyalistes que les rebelles ont pris ont été tués un à un parce que chaque cadavre faisait un escadron de la mort en moins, disaient les Dioulas. Les escadrons de la mort, ce sont des hommes en uniforme et en 4×4 qui arrivent la nuit, cagoulés, et qui enlèvent les habitants, surtout les Dioulas, les militants du RDR, les chefs religieux dont on trouve les corps criblés de balles dans des fossés, souvent en dehors de la ville. Les escadrons de la mort ont fait, depuis le 19 septembre, plus de deux cents victimes. Deux cents morts en cachette, en catimini. Sans qu'on ait jamais pu prendre les tueurs la main dans le sac. Bizarre ! C'est pourquoi on croit qu'ils sont protégés, qu'ils sont proches du pouvoir du président Gbagbo.

Pour fuir la mort, tous les cadres dioulas, tous les opposants au régime sont allés très loin d'Abidjan et de la Côte-d'Ivoire griller leur arachide (aller griller son arachide, c'est s'enfuir). En France, à Dakar, à Ouagadougou, etc.

Les Dioulas de la ville de Daloa, après la victoire des rebelles, étaient contents. Ils croyaient avoir définitivement gagné et, comme chaque fois qu'ils sont contents, ils ont courbé des prières. Les imams disaient des chapelets et faisaient les obséquieuses courbettes devant Allah. Ils priaient et chantaient autour des mosquées. Une grande fête de victoire. Les Dioulas, les musulmans ignoraient que quelque chose qui n'a pas de dents allait les mordre vigoureusement (proverbe africain qui signifie que quelque chose de terrible les attendait).

En effet, quand le président Gbagbo a vu que les Dioulas fêtaient leur victoire à Daloa, capitale du pays bété, il est entré dans une colère rageuse. Il a crié : « Merde ! merde ! » Parce que le président Gbagbo est lui-même d'ethnie bété. Il a mis tout le budget de la Côte-d'Ivoire sur la table. Il a recruté des mercenaires à prix d'or (les mercenaires sont des soldats blancs à la solde d'un gouvernement africain ; on les appelle aussi les affreux). Il a fait venir les mercenaires du monde entier ; de l'Afrique du Sud, des pays de l'Est, de la France, de l'Allemagne... Le président Gbagbo a bien fait. C'était la seule chose qu'il lui restait à faire. Il a eu raison parce que les militaires soldats loyalistes étaient poltrons comme une bouillie de sorgho.

Les loyalistes, avec les mercenaires blancs à leur tête, ont attaqué à nouveau les rebelles. Ils les ont foutus hors de la ville de Daloa parce que les mercenaires ne croyaient pas aux grigris, aux amulettes des chasseurs. Les loyalistes et les mercenaires étaient maîtres de la ville. Ils ont fêté leur victoire en tirant dans les rues pour terroriser la population. Ils étaient accompagnés des jeunes militants bétés du parti du président Gbagbo, des supplétifs, des jeunes patriotes. C'est d'abord dans les mains de ces militants, de ces jeunes patriotes, de ces supplétifs qu'ils ont laissé la ville de Daloa.

Ces jeunes militants ont tiré de leurs maisons un à un les Dioulas valides et ont fait main basse sur (se

23

sont approprié) tout ce qui pouvait être emporté. Ils ont aussi arrêté les valides et les imams (ce sont les chefs religieux avec des turbans achetés à La Mecque). Mais il faut le dire haut : ils n'ont pas arrêté les vieillards, les femmes ni les enfants parce qu'ils étaient catholiques. La religion de Jésus-Christ interdit formellement aux catholiques de faire le moindre mal à des enfants, des femmes, des vieillards et des invalides innocents.

Quand les Dioulas ont su qu'ils risquaient d'être tous arrêtés un à un et d'être tous sûrement zigouillés un à un en catimini, ils se sont révoltés. Il fallait que leur massacre soit public. Il fallait que la presse internationale assiste à leur arrestation et sûrement à leur mort. Ils se sont donné le mot. Brusquement, ils sont tous sortis de leurs maisons, de leurs cachettes, et ont envahi les rues pour rejoindre les mosquées. Les rues de la ville de Daloa devinrent aussi blanches que des feuilles blanches, blanches de Dioulas en boubous blancs. Tous marchaient vers la mosquée centrale. Ceux qui parvenaient à rejoindre la mosquée avaient échappé à l'arrestation. Les gens arrêtés avant la marche sur la mosquée (les imams et les Dioulas valides) ont tous été emmenés hors de la ville sur la route de Gagnoa. Les militants, les militaires loyalistes et les mercenaires leur ont demandé leurs cartes d'identité de

l'ivoirité. Ils ont déchiré les cartes d'identité de l'ivoirité et ont fait de ces cartes d'identité une flamme
vacillante, ondoyante, dansante. Puis les militaires
loyalistes et les jeunes militants ont apporté et donné
des pelles, des pioches et des dabas aux Dioulas
valides, aux imams et à toutes les personnes arrê-
tées. Les Dioulas valides et les imams ont creusé un
grand trou profond et béant. Au bord du trou profond et béant, les loyalistes ont fait aligner les Dioulas valides et tous les arrêtés. Ils les ont mitraillés
sans pitié comme des bêtes sauvages. Ils ont fait de
leurs cadavres d'immenses charniers. Les charniers
pourrissent, deviennent de l'humus, l'humus devient
du terreau. Le terreau de l'humus des charniers est
toujours recommandé, bon pour le sol ivoirien. C'est
le terreau de l'humus des charniers qui enrichit la
terre ivoirienne. La terre ivoirienne qui produit
le meilleur chocolat du monde. Walahé (au nom
d'Allah, l'omniprésent) !

Puis les militants, les loyalistes et les mercenaires
se sont dispersés à travers la ville, à la recherche des
Dioulas cachés dans les maisons, les Dioulas qui
n'avaient pas pu se rendre encore à la mosquée.
Ceux qu'ils prenaient, ils déchiraient leurs cartes
d'identité de l'ivoirité avant de les tuer un à un. Un
Dioula mort, ça faisait une fausse carte d'identité
d'ivoirité en moins à fabriquer : ça faisait une récla-

mation de terre vendue et reprise en moins. Ils en ont tué beaucoup, des Dioulas, à Daloa, après avoir déchiré beaucoup de fausses cartes d'identité de l'ivoirité. Faforo, bangala de mon père (bangala, d'après l'Inventaire des particularités du français d'Afrique noire, signifie cul) !

J'ai déjà dit que mon cousin Mamadou Doumbia était un docteur, un chirurgien. Il avait une clinique adjointe à sa villa d'habitation à Daloa. Il était aussi un grand chef, un cadre du RDR (Rassemblement des Républicains), un parti d'opposition ayant en majorité pour militants des Dioulas du Nord.

Quand les loyalistes, avec les mercenaires, les affreux, ont conquis la ville de Daloa, mon cousin était dans sa clinique, en train d'opérer des blessés. Des escadrons de la mort qui le recherchaient sont venus mettre la main à son collet, l'ont enlevé et l'ont emmené en 4 × 4. Gnamokodé (putain de ma mère) !

Les jeunes patriotes bétés du Front patriotique ivoirien sont arrivés après les escadrons de la mort. Ils ont pillé la villa et la clinique. Ils ont tout embarqué, sauf les blessés et leurs lits. Parce que les blessés et les lits ne se vendent pas, ne rapportent rien de rien du tout. Les militants bétés ont ensuite incendié la villa mais pas la clinique, par respect pour les malades. Ils n'ont pas incendié la clinique

avec les malades parce qu'ils sont de très bons catholiques. La doctrine de Jésus-Christ interdit de faire le
moindre mal aux blessés. Faforo (cul de mon père) !

Moi, petit Birahima, quand j'ai vu ça, j'ai couru,
j'ai fui comme un chien surpris en train de voler le
savon noir de la ménagère, comme un homme qui a
provoqué un essaim et qui détale devant les abeilles.
J'ai couru à perdre haleine sur la route de Man, vers
la forêt pour m'y cacher. Brusquement, je suis tombé
face à un barrage de loyalistes, avec des militants
armés jusqu'aux dents. J'étais tombé dans un traque-
nard. Il m'était impossible de rebrousser chemin, ni
d'aller à droite ni d'aller à gauche. Ils m'ont arrêté ;
ils m'ont conduit dans la forêt, loin de la route. Là,
j'ai trouvé beaucoup de Dioulas comme moi. Ils
étaient tous assis sous la garde de soldats et de militants FPI armés. Nous étions nombreux assis en
rond. D'autres Dioulas terrorisés sont arrivés sous
la garde d'autres jeunes militants. On les a obligés à
s'asseoir parmi nous. Nous avons constitué une foule
de Dioulas tremblants de peur comme des feuilles,
faisant pipi dans les pantalons, courbant nos der-
nières prières. Nous attendions la mort.

Moi, petit Birahima, j'ai pensé à ma mère, à ma
grand-mère, à ma tante, aux quelques bonnes jour-
nées que j'avais vécues, au bon riz sauce graine que
ma grand-mère me servait.

Ils nous ont demandé nos cartes d'identité de l'ivoirité. Mes compagnons de malheur ont sorti leurs portefeuilles. Moi, je n'avais ni portefeuille ni carte d'identité. Ils ont recueilli les portefeuilles, en ont sorti les cartes d'identité de l'ivoirité. Ces cartes ont été mises en miettes. Les miettes ont été rassemblées et mises dans le feu. Les cartes d'identité ont été l'objet de flammes blanches, ondoyantes et dansantes. Les militants ont remis les portefeuilles aux chefs militaires (deux sergents et deux caporaux-chefs). Les chefs se sont éloignés dans la forêt avec les portefeuilles. C'était leur butin.

Des militants sont arrivés avec des pioches et des pelles qu'ils nous ont jetées. Chacun a pris un outil et a commencé à creuser, à creuser un charnier géant. Nous étions plus d'une centaine, un charnier géant pour plus de cent cadavres dioulas. Le terreau de l'humus des charniers, c'est toujours bon pour le sol ivoirien, ça terreaute le sol pour les cultures du café, du cacao. La Côte-d'Ivoire est le premier producteur de cacao du monde et elle produit le meilleur cacao du monde. Faforo (cul de mon père)!

Nous étions en train de creuser le charnier sous la surveillance des soldats et des militants. Nous récitions nos prières de Dioulas, des bissimilaï à profusion. Leurs chefs, loin dans la forêt, avaient vidé nos

portefeuilles et étaient occupés à apprécier le butin,
à compter le gain obtenu sans aucun effort.

Brusquement, nous avons entendu des éclats de
voix, des cris et même un coup de fusil. Ça venait de la
forêt. Walahé (au nom d'Allah) ! Les Dioulas disent ce
proverbe : « Quand cinq filous te chapardent deux œufs
dans ta basse-cour, laisse-les partir avec leur butin ;
tu auras de leurs nouvelles au moment du partage. »

Le partage de l'argent recueilli dans nos portefeuilles avait opposé les chefs. Dès que le coup de fusil
a éclaté, les militants qui nous surveillaient ont tous
foncé vers le lieu d'où il était parti. Et nous qui creu-
sions le charnier nous sommes trouvés sans garde.
Nous avons jeté les outils et nous nous sommes dispersés comme les oiseaux de la touffe dans laquelle
on a lancé une pierre. Chacun est parti dans son
sens. Les supplétifs ont tiré. Plusieurs Dioulas ont été
atteints ; ils sont tombés.

Moi, j'ai continué ma course folle vers la ville.
Sans regarder derrière, sans regarder à gauche ni à
droite. Juste droit devant moi. Et je suis tombé juste
sur la concession (maison-cour) de mon maître
Haïdara qui se trouvait vers la route de Man. Là, j'ai
évité la salle où nous apprenions le Coran, au milieu
de la cour. J'ai foncé vers l'appartement de sa première femme en criant : « Cachez-moi, cachez-moi !
Je suis poursuivi par les militants ! »

29

On m'a conduit dans l'appartement de sa première femme et introduit dans sa chambre à coucher. Sans attendre, je me suis roulé sous un lit. Aussitôt, les femmes ont fait descendre les draps jusqu'au sol pour me dissimuler. Et on a fermé la chambre à coucher à double tour. J'étais haletant, mon cœur battait la chamade (comme un tambour). J'avais peur qu'on entende mes souffles loin, même dehors après les murs. Je suais comme un lépreux enfermé depuis quatre heures dans une case sans fenêtre pendant la chaude saison. Je grelottais de peur. Les militants sont passés. Ils ont demandé aux femmes si elles n'avaient pas caché des fugitifs. On ne leur a pas répondu et, sans insister, les militants et les soldats ont poursuivi leurs recherches plus loin.

Le soir, la chasse à l'homme, le bordel avaient cessé dans la ville. Il n'y avait plus de soldats ni de militants, ni de jeunes Bétés dans la rue. Fanta est entrée dans la chambre avec un gobelet d'eau. Quand j'ai constaté que c'était Fanta qu'on m'avait envoyée, j'ai tout de suite tout oublié, même les soldats et les jeunes militants bétés. Elle m'a demandé de me dégager pour boire. J'ai roulé à nouveau et je me suis redressé. Je me suis assis et j'ai bu le gobelet d'eau. Elle en a apporté deux autres qui ont été vite ingurgités (gloutonnement absorbés). C'est une fois abreuvé que j'ai pu lever les yeux et observer Fanta.

Même les yeux gonflés par une journée de pleurs, elle paraissait belle comme un masque gouro. Les Gouros sont une ethnie de Côte-d'Ivoire. Quand c'est une communauté de toubabs (de blancs), on dit une civilisation, mais quand c'est des noirs, des indigènes, on dit tribu ou ethnie (d'après mes dictionnaires). Les sculpteurs gouros font de très beaux masques pour danser. Même dans le malheur, Fanta paraissait belle comme un masque gouro. Et, quand j'ai fini de boire et qu'elle m'a demandé le gobelet, je l'ai tenu fort de peur qu'elle s'en saisisse et reparte dehors.

Elle m'a parlé, malgré la rage au cœur. Elle m'a appris que le couvre-feu était institué à partir de dix-huit heures. Elle m'a appris aussi l'enlèvement de son père et de son frère par les escadrons de la mort et certainement leur exécution.

Allah en Côte-d'Ivoire a cessé d'aimer ceux qui sont obséquieux envers lui (qui exagèrent les marques de politesse ou d'empressement par servilité ou par hypocrisie). C'est pourquoi il a fait en sorte que les militants bétés détestent les imams. Chaque fois que les escadrons de la mort voient un imam, ils l'assassinent tout de suite. Ils l'assassinent tout de suite parce qu'il est trop obséquieux envers Allah. Allah en a marre de la grande obséquiosité des imams. Walahé (au nom du Tout-Puissant miséricordieux)!

Youssouf Haïdara était l'imam de la troisième mosquée de Daloa, la mosquée de l'est de la ville. Il était le père de Fanta. Il était le recteur d'un cours d'arabe, une medersa à laquelle mon cousin m'avait fait inscrire. La medersa, c'était bien sûr pour la formation religieuse, mais aussi pour préparer le certificat d'études. La préparation au certificat d'études par des cours du soir était assurée par Fanta et ses camarades du lycée. Ils le faisaient dans le cadre d'une association bénévole d'alphabétisation d'adultes. Fanta nous enseignait le français, l'histoire et la géographie. Je suivais ses cours deux fois par semaine entre vingt et une heures et vingt-trois heures. Évidemment, je buvais ce que Fanta enseignait. Walahé ! Elle était belle comme c'est pas permis.

Je commençais à mieux réciter les versets du Coran pour ma prière. Ma prière commençait à être conforme à la recommandation du Coran et avec tout ça je n'arrivais pas à avoir de la chance. C'est-à-dire à être encore aimé d'Allah. Mais je ne désespère pas. Faforo (bangala du père) !

Youssouf me présentait à tous ses amis qui visitaient la medersa :

« Voilà Birahima, un ancien enfant-soldat qui a fait la guerre du Liberia. Il buvait, fumait, se droguait. Maintenant la grâce d'Allah est descendue sur lui. Il a tout cessé », disait-il en souriant.

Il me considérait comme son propre fils; il m'aimait comme l'enfant de sa préférée. (Dans les foyers polygamiques, toutes les femmes ne sont pas égales. Il y en a une qui est aimée plus que les autres, c'est la préférée. Les enfants de la préférée sont souvent aimés plus que les autres enfants. C'est pourquoi en Afrique existe l'expression : aimer un petit comme l'enfant de sa préférée. D'après mon dictionnaire.) Youssouf m'aimait comme l'enfant de sa préférée. Mais moi, c'est sa fille que j'admirais, que j'aimais à la folie. J'étais dingue d'elle. Je me suis permis plusieurs fois de le lui avouer : « Fanta, je t'aime à la folie. » Avec le sourire et sa grâce naturelle, elle m'a toujours répondu : « Moi je t'aime aussi mais comme un jeune frère. » Cela ne me suffisait pas parce qu'elle était trop belle. Faforo (bangala de mon père) !

Allah ne s'était pas contenté de la faire belle comme un masque gouro. Allah lui avait permis de se servir en priorité avant de donner le rebut de la beauté aux autres filles. C'est pourquoi il lui avait donné à profusion ce qui, parmi les beautés, brille comme l'or parmi les autres métaux, je veux parler de l'intelligence. Fanta était intelligente. Elle était intelligente mais intelligente comme c'est pas permis. Combien de fois faudra-t-il le répéter pour que tout le monde me croie !

Dès sa tendre enfance, elle avait acquis une prodi-

33

gieuse mémoire en apprenant par cœur des versets indigestes du Coran. Ainsi, quand Fanta est entrée à l'école française, quatre années ont suffi pour qu'elle passe son certificat d'études. Puis ce fut le brevet élémentaire et, en juin dernier, elle réussit brillamment le bac Lettres avec mention. Elle attendait une bourse pour poursuivre ses études religieuses au Maroc. De surcroît, elle avait la souplesse et l'enjouement d'un margouillat lisse de la savane. Parfois, je restais silencieux, mon regard fixé sur elle pour contempler comme Allah lui avait bien agencé le nez, la bouche, le front, les yeux. Quand elle me surprenait en train de l'admirer, elle disait avec un sourire : « Birahima, je t'aime comme un frère. » Évidemment, cela ne me suffisait pas, cela ne pouvait pas me suffire. Gnamokodé (enfant naturel de la mère) !

Donc, après que je suis sorti de ma cachette sous le lit (d'après mon dictionnaire, on dit pas *que je sois sorti* parce que ça, c'est le subjonctif et que l'acte a bien eu lieu dans le passé) et que Fanta m'a donné à boire, nous étions tous les deux dans la chambre, seulement nous deux, en tête à tête. Elle était assise sur le lit sous lequel je m'étais tout à l'heure réfugié. Moi, je m'étais accroupi sur la natte de prière de sa mère placée au milieu de la chambre. Elle m'a demandé si c'était vrai que j'avais été enfant-soldat. Pour la première fois, j'avais l'occasion de me faire valoir devant Fanta...

Je répondis tout de suite que j'avais tué beaucoup de personnes avec le kalachnikov. Avec un kalach, je pouvais tuer tous les Bétés, tous les loyalistes, tous les affreux. Tous à la fois. Je m'étais drogué au dur. J'avais pillé des maisons, des villages. J'avais violé...

Au mot « violé », elle m'a arrêté en criant : « C'est vrai ça ? »

J'ai compris que j'avais dit une bêtise et je me suis repris en ajoutant : « C'est au Liberia, ça. Jamais en Côte-d'Ivoire. » Et j'ai continué à raconter mes exploits. J'avais voyagé à travers la forêt noire. J'étais resté des semaines et des semaines sans bonne nourriture ni eau potable. Je peux paraître un garçon gentil mais, en réalité, je suis un dur des durs. J'ai commencé à conter toutes mes aventures de *Allah n'est pas obligé*, mais elle m'a pas laissé terminer. Elle revenait sur le seul point qui l'intéressait : « Birahima, tu sais utiliser le kalachnikov. Tu sais tuer comme les militants bétés. »

J'ai expliqué que je pouvais descendre des milliers de personnes, tuer sans pitié des femmes, des enfants, des hommes. Créer des charniers et des charniers pour faire du terreau, de l'humus pour terreauter, pour enrichir le sol ivoirien, des milliers de charniers sans penser un instant à Allah. Je ne pense pas à Allah lorsque je tue. Je massacre sans pitié. C'est pour que le cacao de Côte-d'Ivoire reste le meilleur du monde. J'aime la Côte-d'Ivoire et je veux que son cacao reste le meilleur du monde.

« Donc, avec un kalach, tu peux accompagner, protéger une personne qui veut aller à Bouaké, dans le Nord, en zone rebelle ? » m'a-t-elle demandé.

Je me suis lancé dans des envolées. Avec un kalach, j'accompagnerais, je protégerais. Avec un kalach, je massacrerais tous les militants, tous les jeunes patriotes, tous les loyalistes. Et, joignant le geste à la parole, je me suis levé, le bras gauche représentant le kalach tenu par la main droite, j'ai crié :

« Tac tac tac... Walahé ! Faforo ! Avec un kalach, je me révolterai, je refuserai ! »

Au mot « refuserai », elle m'a arrêté :

« Et quand on refuse, on dit non, a affirmé Samory. »

Je lui ai demandé de répéter les propos de Samory.

« Samory a affirmé que l'on dit non quand on refuse, quand on ne veut pas. »

Je suis resté pensif un instant, répétant sans cesse :

« Non... non... non... »

II

Le couvre-feu avait été décrété de dix-huit heures à six heures du matin dans la ville de criminels et de barbares, Daloa. Dès sa levée, je faisais pied la route avec Fanta (je partais, je voyageais avec Fanta). C'était le lendemain matin d'une guerre tribale barbare. Toutes les routes étaient encombrées de réfugiés fuyant la ville comme s'il y avait la peste. La route que nous suivions était noire de réfugiés pressés comme des diarrhéiques. Ils n'avaient pas comme nous attendu la levée du couvre-feu pour se mettre en route. Curieusement, dès la sortie de la ville, nous avons rencontré des réfugiés venant en sens contraire, allant d'où nous venions. Walahé (au nom du miséricordieux) !

C'était toute la Côte-d'Ivoire qui était sur les routes comme une bande de magnans (grosses fourmis noires qui se dispersent quand on met le pied sur la bande). Surtout les femmes. Elles portaient toutes sur la tête un plat émaillé ou un seau en plastique. Ça contenait des pagnes empilés et d'autres maigres objets personnels qu'elles avaient pu sauver à la hâte. Elles étaient suivies par leurs enfants en bas âge et certaines avaient au dos, serré fortement dans un pagne, leur dernier bébé. Les bébés piaillaient comme des oiseaux pris au piège. C'était bien fait pour le peuple ivoirien! Il goûtait ce que vivait le peuple libérien depuis cinq ans. Les politiciens ivoiriens aidaient ces criminels de voyous de chefs de guerre libériens. J'ai demandé à Fanta si c'était mérité pour le peuple ivoirien. Elle a répondu :

« Mon père, ton maître Youssouf, a dit que l'omniprésent au ciel, Allah, n'agit jamais sans raison. Toute épreuve pour un peuple ou bien sert à purger des fautes ou bien signifie la promesse d'un immense bonheur. Ce bonheur immense, pour le peuple ivoirien, pourrait être simplement la démocratie. La démocratie est l'abaissement des passions, la tolérance de l'autre. »

Ainsi avait-elle conclu avec un sourire que j'aurais voulu boire. Je n'avais rien compris sur place. Mais ce qu'elle disait devait être vrai parce qu'elle était vraiment belle! Vraiment, elle était intelligente! Walahé (au nom d'Allah)!

Pour le voyage, Fanta avait attaché ses cheveux

avec un mouchoir de tête (un foulard) enroulé. Elle portait un boubou très large et des tennis aux pieds. Sous le boubou, elle s'était habillée en garçon avec des culottes courtes. Deux culottes enfilées l'une sur l'autre. Quand j'ai vu ça, j'ai compris qu'elle avait peur de se faire violer et j'ai regretté ce que je lui avais dit sur mes exploits dans le pays barbare du Liberia. Je l'ai tout de suite rassurée et je lui ai dit :

« Moi je violais les filles au Liberia mais pas ici en Côte-d'Ivoire. En Côte-d'Ivoire, les filles ne se droguent pas comme au Liberia. »

Elle n'a rien répondu. Elle paraissait toujours méfiante. Elle avait au dos un sac touareg.

Une semaine avant que les jeunes militants bétés l'aient enlevé et zigouillé (fusillé), Youssouf, le père, avait emmené Fanta sa fille au fond de sa chambre. Il lui avait montré un vieux kalach qu'il venait d'acquérir auprès de Libériens de passage. « On ne sait jamais ce qui peut arriver dans ce temps et ce pays de fous », avait-il annoncé, prophétique et sentencieux. Il avait caché l'arme dans les livres de la grande cantine. Hier soir, Fanta était allée chercher le kalach.

On a longuement discuté sur le point de savoir qui de nous deux devait porter l'arme. Toujours méfiante à mon endroit (elle craignait de se faire violer), elle tenait à cacher l'arme sous son large boubou de femme. Moi, j'aurais le sac de bagage de Touareg sur le dos. Je lui ai encore répété que je n'avais jamais violé en Côte-d'Ivoire, elle pouvait me faire confiance. Je savais mieux qu'elle manipuler le kalach. C'était moi qui devais l'avoir à portée de main. Fermement, je conclus que je ne l'accompagnerais pas si je ne portais pas l'arme.

« Et comment pourras-tu cacher le kalach avec ta chemisette et ta culotte courte ? » me demanda-t-elle. Fermement, je lui répondis à nouveau que je ne serais pas du voyage si je n'avais pas d'arme. Elle s'était arrêtée un instant pour réfléchir et, brusquement, elle était repartie vers la maison de son père. Elle en était revenue avec un vieux tafla (boubou d'une seule pièce avec des manches longues et larges). J'ai enfilé tout de suite le tafla. Il balayait le sol, mes bras et mes mains se perdaient dans les manches. Je ne pus m'empêcher de sourire et de lui avouer que c'était ce qu'il me fallait pour cacher l'arme :

« C'est bien, très bien. Je ressemble ainsi à un petit Dioula ayant fui l'école coranique et demandant l'aumône », avais-je ajouté.

En effet, je ressemblais à un malheureux enfant foutu perdu dans le boubou trop large pour lui. J'inspirais la pitié, un vrai enfant de la rue à qui tout le monde donnerait l'aumône sans hésiter. Personne ne pouvait soupçonner que je cachais une arme. Je suivais, j'étais collé à Fanta et, dans le flot de réfugiés, elle passait pour ma mère ou ma grande sœur. Nous avons intégré le flot montant vers le Nord. Le soleil commençait à s'élever. Le flot de réfugiés s'épaississait. Parmi ceux qui se joignaient à la colonne, il y avait quelques blessés. Ils protégeaient leurs lésions par des morceaux de pagne de différentes couleurs. De temps en temps, au-dessus des colonnes, s'élevaient des pleurs fatigués et qui avaient faim. Walahé (au nom du Tout-Puissant) !

Nous étions maintenant loin de la ville, à peu près à dix kilomètres. Fanta paraissait rassurée :

« Ici, en pleine forêt, nous n'avons pas à craindre des escadrons de la mort ou des jeunes militants FPI », a-t-elle dit.

Elle a commencé par m'annoncer quelque chose de merveilleux. Pendant notre voyage, elle allait me faire tout le programme de géographie et d'histoire de la medersa. J'apprendrais le programme d'histoire et de géographie du CEP, du brevet, du bac. Je serais instruit comme un bachelier. Je connaîtrais la Côte-d'Ivoire comme l'intérieur de la case de ma mère. Je comprendrais les raisons et les origines du conflit tribal qui crée des charniers partout en Côte-d'Ivoire (ces charniers qui apportent de l'humus au sol ivoirien).

Et elle a commencé.

Ce qui arrive en Côte-d'Ivoire est appelé conflit tribal parce que c'est un affrontement entre des nègres indigènes barbares d'Afrique. Quand des Européens se combattent, ça s'appelle une guerre, une guerre de civilisations. Dans une guerre, il y a beaucoup d'armes, beaucoup de destructions matérielles avec des avions et des canons mais moins de morts, peu de charniers. Dans les guerres de civilisations, les gens ne meurent pas comme dans les conflits tribaux (tribaux, pluriel de tribal). Dans les conflits tribaux, les enfants, les femmes, les vieillards meurent comme des mouches. Dans une guerre, les adversaires tiennent compte des droits de l'homme de la Convention de Genève. Dans un conflit tribal, on tue tout homme qui se trouve en face. On se contrebalance du reste comme de son premier cache-sexe.

« La géographie d'un pays comme la Côte-d'Ivoire comprend son milieu naturel, sa population et son économie », me dit Fanta avec son sourire de miel (de miel parce que j'avais envie de tout boire).

Elle a commencé par me demander si je savais les raisons pour lesquelles il n'y avait que de rares, de très rares descendants d'esclaves noirs ivoiriens aux États-Unis, au Brésil et dans les Antilles. Je lui répondis que j'étais ignorant comme la queue d'un âne. J'avais arrêté mon école au cours élémentaire deux.

Je n'avais pas étudié l'orthographe, le calcul, la géographie ni l'histoire. Et que je comptais sur elle pour
devenir fortiche dans toutes ces matières savantes.
Elle s'arrêta et répondit à sa propre question savante
en m'apprenant la géographie de la Côte-d'Ivoire :

« La côte ivoirienne était appelée la Côte des
Mâles Gens par les marchands d'esclaves, à cause
de l'inhospitalité des habitants. Ils n'osaient pas
s'y aventurer, de peur de s'y faire manger par des
anthropophages. C'était vrai : les côtiers de l'époque
aimaient la chair des blancs. En même temps, c'était
un prétexte. Le singe taxe de pourri le fruit du figuier
sur lequel il ne peut mettre la main. Ce n'est pas
seulement à cause des anthropophages que les marchands de bois d'ébène (c'est ainsi qu'on les appe-
lait) se sont éloignés des côtes ivoiriennes. Mais aussi
à cause de l'inaccessibilité des côtes. La Côte-d'Ivoire
a été protégée par l'inaccessibilité de ses côtes.
La Côte-d'Ivoire est un pays de 322 000 kilomètres
carrés derrière une côte inaccessible. C'est à cause
de l'inaccessibilité des côtes que la colonisation du
pays a été si tardive. »

J'ai dit à Fanta qu'avec mes dictionnaires je pour-
rais tout comprendre. Mais comment conserver tout
ce qu'elle dirait ? Je me suis directement adressé à
Fanta :

« Comment faire pour retenir tout ce que tu diras ? » ai-je demandé.

Elle s'arrêta au milieu de la route, décrocha le sac touareg de son épaule et le fouilla longtemps. Elle en sortit d'abord un peigne, puis une petite bouteille de parfum, puis d'autres objets et enfin un petit magnétophone. Elle me le tendit.

« Avec ça, tu pourras enregistrer nos conversations au cours du voyage. »

Je pris le petit appareil. J'étais content et le mis tout de suite en marche.

« Pour revenir à ce que tu viens de dire... commençai-je en parlant dans l'appareil. Avant la colonisation, les blancs n'osaient pas mettre le pied en Côte-d'Ivoire. S'ils le faisaient, tout de suite on les attrapait et on les braisait (grillait) comme font les mamies (les matrones) qui braisent les biftecks devant les discothèques de nuit le samedi soir à Daloa. J'ai compris pourquoi on ne rencontrait jamais d'Américains noirs parlant bété ou agni ou sénoufo.

– Oui, c'est à peu près cela », conclut Fanta.

Et aussitôt, elle reprit ses leçons et commença à évoquer le milieu naturel ivoirien...

« La moitié inférieure du pays est occupée par la zone forestière tandis que les savanes septentrionales font la transition avec les pays du Sahel. L'exploita-

44

tion de la forêt et sa destruction par des cultures d'exportation ont fait disparaître une importante partie du couvert originel et déjà commencent à apparaître des indices de désertification dans la savane. »

Et moi j'ai déclaré pour montrer ce que j'avais compris :

« Moi, avec mes dictionnaires, je pige tout. Pour le moment, je dis aux exploitants forestiers : Si vous ne faites pas gaffe, des régions comme celles de Boundiali à l'extrême nord vont devenir un arbre de Ténéré au Niger (un arbre qui a résisté au désert des siècles et des siècles dans le profond désert). »

Et Fanta de reprendre ses leçons.

Le climat est tropical avec deux saisons de pluie et deux saisons sèches au Sud tandis que dans la partie septentrionale du pays sévit le climat de type soudanais, une saison humide et une longue saison sèche.

Dans la partie orientale du littoral, à la frontière du Ghana, s'étendent de vastes lagunes dans lesquelles se déversent les fleuves les plus importants de la Côte-d'Ivoire. C'est dans cette zone lagunaire que se situe Abidjan, la capitale économique, avec quatre millions d'habitants et la presque totalité des industries du pays.

La côte se présente rocheuse à la frontière du Liberia. A l'ouest, le massif de Man atteint 1 190 mètres pour le mont Tonkoui et culmine avec 1 800 mètres pour les monts Nimba.

De nombreux fleuves et rivières descendent du nord au sud. Les plus importants sont la Comoé, le Bandama et le Sassandra qui prennent leur source sur les hauts plateaux du nord du pays. Le Cavally fait la frontière avec le Liberia...

Moi, je ne connais pas Abidjan, je suis un petit broussard. Il paraît que là-bas on voit dans les rues des blancs aux chaussures trouées comme des sauvages de la savane. Mais je connais le Cavally de la frontière libérienne. Là-bas, j'ai zigouillé des populations innocentes sur ses rivages.

Fanta s'arrêta. Elle en avait fini avec la géographie physique de la Côte-d'Ivoire. Elle déclara :

« C'était un pays plein d'hommes sages jusqu'au 19 septembre. Le 19 septembre, les Ivoiriens, pris par le sentiment du tribalisme, se sont mis à se zigouiller comme des fauves et tous les jours à creuser et remplir des charniers. Mais les charniers font de l'humus qui devient du terreau qui est bon pour le sol ivoirien. Comme tu le dis, petit Birahima. »

Elle parla ensuite de la population ivoirienne. C'est le deuxième chapitre à connaître après le milieu naturel et la géographie.

La Côte-d'Ivoire a une population de 15,5 millions. Avec une moyenne de quarante-sept habitants au kilomètre carré. Mais cette population est mal répartie, faible au Nord et forte au Sud. Comme tous les pays sous-développés, la Côte-d'Ivoire connaît une forte urbanisation. La densité est très forte au Sud-Est avec Abidjan, la capitale, qui avait 200 000 habitants en 1960 et qui aujourd'hui en compte 4 millions. La deuxième ville est Bouaké, où nous nous rendons. Bouaké compte 500 000 habitants. Cette population, comme dans tous les pays sous-développés, est très jeune, avec 42 % de moins de trente-cinq ans. La population continue à s'accroître au taux de 2 % par an. Cet accroissement est en baisse. Il était de 5 % vers les années soixante. La diminution de l'accroissement provient d'abord d'une baisse de la natalité qui de 50 ‰ vers 1990 est tombée à 37 ‰ vers les années deux mille…

Moi j'ai compris pourquoi on voyait partout des enfants des rues en train de tout chaparder. Et pourquoi on ne trouvait, parmi les morts des charniers, que très peu de vieillards aux cheveux blancs. Les vieux sont tous morts et enterrés au village depuis longtemps, bien longtemps, malgré les danses et les transes des guérisseurs et des sorciers menteurs et voleurs.

J'ai compris aussi (et je vais le vérifier avec mes dictionnaires) que les Ivoiriens ne font plus l'amour comme avant ; ils font tous l'amour avec des capotes anglaises. C'est le sida qui veut ça. Toutes les ONG viennent de France avec des bateaux pleins de capotes anglaises. Partout en Côte-d'Ivoire, on trouve ces capotes. Ça permet de faire l'amour sans faire des chiées d'enfants morveux. Ça c'est déjà un progrès !

Mais le ralentissement de la progression vient surtout d'une diminution du solde migratoire. En effet, l'accroissement de la population ivoirienne est dû surtout à une migration en provenance des États du nord et de l'ouest, et surtout du Burkina. Le tarissement récent du solde migratoire est la conséquence de la crise économique que subissent tous les États africains...

Ça, j'ai compris ! C'est le problème des Dioulas. Ils viennent du Mali, du Burkina, de la Guinée, du Sénégal et du Ghana. Quand la Côte-d'Ivoire carburait (fonctionnait) comme les locomotives des trains du RAN (Réseau Abidjan-Niger), ils venaient de partout, ils venaient comme des sauterelles. Maintenant, ils viennent de moins en moins en Côte-d'Ivoire. Ils montent avec beaucoup d'Ivoiriens en Italie et en France pour devenir des sans-papiers. Mais tous n'atteignent pas les côtes françaises et italiennes ; beaucoup crèvent par noyade après le naufrage dans la Méditerranée des bateaux des passeurs clandestins et criminels. Faforo (cul de mon papa) !

Le troisième aspect de la géographie, après le milieu naturel et la population, est l'économie de la Côte-d'Ivoire.

Les richesses du pays proviennent presque en totalité du Sud. Le cacao (dont le pays est le premier exportateur), le café, la banane, l'ananas, l'hévéa sont cultivés au Sud. C'est au Sud qu'on exploite le bois. Les industries de transformation sont implantées autour d'Abidjan, au Sud. Le Nord et le Centre produisent du coton et de la canne à sucre et ont les industries de transformation afférentes à ces matières premières. Dans tout le pays se cultivent des plantes vivrières.

Moi, quand on parle de plantes vivrières, cela me rappelle le riz sauce graine que ma grand-mère me faisait réserver dans un petit plat au fond de sa case.

Cette remarque arracha un sourire à Fanta et nous nous mîmes à rire tous les deux.

L'économie de la Côte-d'Ivoire a été florissante pendant les deux décennies qui ont suivi l'indépendance, avec des taux de croissance de plus de 6 %. Cette exceptionnelle croissance de l'économie a marqué le pays dans tous les domaines, tant du point de vue de l'équipement, de la croissance de la population, de l'évolution de la société ivoirienne et même du comportement de l'individu ivoirien. Ces années d'or étaient dues à plusieurs facteurs favorables. La bonne conjoncture internationale, la politique libérale de Houphouët-Boigny qui a attiré une main-d'œuvre abondante et de qualité rebutée par les expériences socialistes tentées au Ghana, au Bénin, en Guinée et au Mali, et au dynamisme du gouvernement de Houphouët-Boigny. Houphouët-Boigny a su accompagner la croissance par des créations originales comme la Caisse de stabilisation (commercialisation des produits d'exportation), le budget spécial d'investissement, la Caisse autonome d'investissement, les « Sodés » (sociétés publiques chargées de développer telle ou telle production). Tout cela n'était plus qu'un lointain souvenir vers les années quatre-vingt-dix, lors de la disparition du patriarche. La conjoncture internationale s'était renversée, des initiatives malheureuses avaient été tentées et la corruption avait tout gangrené.

Comme je ne comprenais rien à rien, Fanta s'est arrêtée et m'a donné de longues explications. Pendant la période d'or de la Côte-d'Ivoire, le directeur de la Caisse de stabilisation envoyait chaque matin à la présidence trois sacs d'argent. Oui, trois gros sacs pleins d'argent pour les largesses de Houphouët. Et, chaque jour, avant le coucher du soleil, les trois sacs étaient entièrement distribués à des visiteurs et des quémandeurs venus de partout. Houphouët croyait que l'argent ivoirien ne pouvait pas s'épuiser. Quand commença la mauvaise conjoncture, un matin, le directeur de la Caisse ne put offrir les trois sacs. Embarrassé, avec beaucoup de tact, le directeur décida d'en informer le président. Malgré de minutieuses précautions, à l'annonce de cette information, Houphouët entra dans une colère rageuse, cria si fort après le directeur que le pauvre tomba sur place, victime d'un arrêt du cœur. C'était une façon d'utiliser les richesses de la Côte-d'Ivoire.

Moi j'ai compris, avec l'aide de mes dictionnaires, que le président Houphouët avait été généreux sur terre. Il sera récompensé par Allah au jour du jugement dernier. Il sera sauvé par l'aumône faite avec l'argent de la Côte-d'Ivoire. Le reste, je ne l'ai pas compris. Parce que mon école n'est pas allée loin et parce que je ne suis pas très intelligent. Je comprendrai quand je serai prêt pour le brevet et le bac. De toute façon, je m'en foutais de comprendre, de tout piger maintenant ou plus tard. Ce qui comptait, c'était de me trouver avec Fanta et de l'entendre parler.

Le soleil commençait à décliner. Il nous fallait trouver un lieu où roupiller pendant la nuit.

Nous voilà arrivés au bord de la route, à hauteur d'une femme dioula et de ses enfants en train de suivre le défilé des réfugiés. Fanta la salua en dioula. La femme répondit avec chaleur et spontanément nous demanda de la suivre dans son campement à cinq cents mètres de la route. Arrivés dans la plantation, elle nous offrit le gobelet d'eau fraîche de bienvenue et la conversation s'engagea avec Fanta. Comme c'était bientôt le soir, la femme nous proposa le gîte. Nous l'avons accepté avec empressement. Moi, j'étais content. Je me suis mis à regarder la femme des pieds au mouchoir de tête : rien à faire, elle était pleine de bonté. Elle nous a indiqué notre chambre et s'est mise à chauffer de l'eau pour notre douche. Nous nous sommes douchés et, aussitôt après, le chef de famille a récité l'appel à la prière. Nous nous sommes installés sur les nattes que l'hôtesse avait étendues devant la porte de la maison. Fanta et l'hôtesse sur une natte un peu en retrait ; le chef de famille qui dirigeait la prière sur une peau de mouton en vue devant. Nous avons fait une prière de supplication à Allah.

Le soir, après le repas pris avec toute la petite famille, la conversation se poursuivit. La femme voulait savoir si nous avions vu Sidiki à Daloa. Sidiki était le premier fils de la généreuse femme. Elle nous fit la description de Sidiki. Il était grand, toujours poli, portait toujours un chapeau mou et il avait travaillé d'abord comme boy chez un blanc très gentil... Quand celui-ci était parti, Sidiki avait été embauché par un docteur noir baoulé très gentil qui l'avait accompagné une fois jusqu'ici, au campement. Le docteur était médecin à l'hôpital.

Fanta expliqua qu'après leur victoire les loyalistes avaient réuni beaucoup de Dioulas et les avaient fusillés. Daloa était une grande ville. On ne pouvait pas connaître tout le monde ; Fanta n'avait pas vu Sidiki. Notre généreuse hôtesse éclata en sanglots. Elle ne pouvait pas se résoudre à la réalité. Fanta n'avait pas reconnu Sidiki et donc elle pensait qu'elle ne l'avait pas vu. La femme reprit la description de Sidiki et de son patron, elle expliqua qu'elle avait vu un devin. Le devin l'avait assurée que Sidiki se por-

tait bien et elle ne comprenait pas pourquoi Fanta
ne l'avait pas vu. Fanta répéta ce qu'elle avait dit. La
femme éclata en sanglots de plus belle, elle se mit à
pleurer comme une source pendant la saison des
pluies, comme un enfant pourri. Son mari fut obligé
de la prendre par la main et de la conduire dans
la chambre. Nous aussi nous sommes allés nous
coucher.

Le matin la femme frappa à notre porte pour nous
réveiller. L'eau chaude fut servie derrière la case.
Nous nous sommes douchés, l'un après l'autre,
Fanta la première. Ensuite, ce fut la prière en commun et la bouillie de riz comme petit déjeuner.
Nous avons pris le petit déjeuner avec toute la
famille. Et vint l'heure de quitter le campement, de
poursuivre notre chemin vers le Nord. Notre pied la
route. Fanta voulut remercier la généreuse hôtesse.
Elle n'acceptait pas nos remerciements. Elle avait
agi pour Sidiki. Parce que nous avions vu Sidiki,
parce que nous étions des amis de Sidiki. Elle éclata
de nouveau en sanglots.

Moi, je n'ai rien compris. Fanta avait dit à la
femme que nous n'avions ni vu ni connu son fichu
Sidiki de fils. Rien à faire. Elle continua à pleurer
comme un enfant pourri, un veau. Comme si les
larmes pouvaient ressusciter son fichu fils s'il avait

été zigouillé par les loyalistes. Faforo (gros bangala de mon géniteur)!

La route était dégagée. De loin en loin, on voyait un réfugié, généralement une femme avec un seau de plastique sur la tête et suivie par un enfant. Fanta commença à m'enseigner l'histoire de la Côte-d'Ivoire.

On ne connaît pas avec précision l'histoire paléolithique du pays. Pourtant, le peuplement du pays a une importance majeure dans le conflit actuel. A cause de l'ivoirité. L'ivoirité signifie l'ethnie qui a occupé l'espace ivoirien avant les autres.

Tous les Ivoiriens semblent d'accord sur un point: les premiers des premiers habitants du pays furent les Pygmées. Du sud au nord, de l'est à l'ouest, lorsqu'on demande à des vieux à qui appartient la terre, la réponse est toujours la même: de petits hommes au teint clair (dans certaines régions, on les appelle les petits diablotins), vivant dans les arbres, armés d'arcs et de flèches, sont les maîtres de la terre. C'est-à-dire les Pygmées. Les Pygmées ont disparu de l'Afrique de l'Ouest par assimilation. Les gros nègres étaient amoureux des jeunes filles pygmées (des petites filles au teint clair, mignonnes, flexibles comme des lianes) qu'ils capturaient en grand nombre pour les épouser. De la sorte, beaucoup d'Ivoiriens de toute l'étendue de la Côte-d'Ivoire (du Nord et du Sud) sont des descendants de Pygmées. Des descendants des maîtres incontestables de la terre. Donc eux-mêmes des maîtres de la terre.

Après les Pygmées, les ethnies ayant laissé les traces les plus anciennes sont les Sénoufos et les Koulangos, toutes deux du Nord. Il est vrai que les ethnies du Sud ne pouvaient guère laisser de traces observables : l'humidité et les pluies détruisent et effacent toute empreinte humaine.

Maintenant, plaçons-nous dans les temps modernes ; c'est-à-dire du onzième au dix-septième siècle.

Curieusement, les ethnies qui se revendiquent premiers occupants et celles qu'on exclut font toutes partie des populations issues des régions voisines, hors de l'espace ivoirien.

Les Bétés, c'est-à-dire les Krus, sont venus de l'ouest (actuel Liberia) du dixième au douzième siècle.

Les Malinkés, issus du nord (actuels Mali et Burkina), sont arrivés du treizième au quatorzième siècle.

Les Baoulés, les Agnis et les Abrons du groupe akan sont venus de l'est (l'actuel Ghana) du treizième au quinzième siècle.

C'est dire que le président Gbagbo, le président Konan Bédié, le président Gueï, le Premier ministre Ouattara sont tous issus des ethnies ayant foulé l'espace actuel ivoirien après, bien après, le dixième siècle. Aucune ethnie à l'époque ne savait si elle entrait dans l'espace ivoirien. Toutes les ethnies se sont trouvées ivoiriennes le même jour, en 1904, lorsque, dans le cadre de l'AOF, le colonisateur européen a précisé les frontières de la Côte-d'Ivoire.

Moi j'ai compris (je comprendrai encore mieux avec mes dictionnaires). Les ethnies ivoiriennes qui se disent « multiséculaires » (elles auraient l'ivoirité dans le sang depuis plusieurs siècles), c'est du bluff, c'est la politique, c'est pour amuser, tromper la galerie. C'est pour éloigner les sots. C'est pour rançonner les étrangers. Tout le monde est descendant des Pygmées, les maîtres de la terre, donc tout le monde est maître de la terre. Tout le monde est devenu ivoirien le même jour. Faforo !

Les premiers Européens arrivés en Côte-d'Ivoire sont les Portugais en 1469. Ils créèrent les comptoirs d'Assinie et de Sassandra. Leur succèdent deux siècles après les Hollandais, et les Français à partir de 1842. Les Français avaient connu une brève installation (de 1687 à 1705) à Assinie. A partir de 1842, les Hollandais et les Français créent des comptoirs sur la côte. Ces comptoirs servent de point d'appui au commerce de l'ivoire et aussi au trafic d'esclaves. La Côte-d'Ivoire fut épargnée par la grande traite des esclaves à cause de l'inhospitalité de la côte et parce qu'il n'y avait pas de grands royaumes négriers ivoiriens.

A ses débuts, la colonisation française fut pacifique. Elle procéda par des traités négociés avec les chefs indigènes par les administrateurs Treich-Laplène, Binger et Delafosse.

La Côte-d'Ivoire est érigée en colonie en 1893, et c'est à partir de cette époque que les Français entreprennent de conquérir l'intérieur du pays. Ils se heurtent à une résistance farouche des Gouros, des Baoulés et des Attiés. Surtout, au Nord, ils ont affaire à Samory, le « Napoléon de la savane ». Après divers traités, de grands combats eurent lieu avec Samory. Il fut capturé par traîtrise en 1898. Toutefois, la Côte-d'Ivoire officielle ne reconnaît pas Samory parmi ses héros. Parce qu'il était arrivé au centre de la Côte-d'Ivoire, poursuivi par les Français qui l'avaient chassé de Guinée et du Nord-Ouest du pays, la région d'Odienné. Pour affamer ses poursuivants, il avait appliqué dans le centre de la Côte-d'Ivoire la technique de la terre brûlée. C'est-à-dire beaucoup de destructions et beaucoup de massacres. Les Ivoiriens sont loin de pardonner à l'almamy Samory les souffrances endurées par les populations pendant l'épopée.

C'est en 1904 que les limites de la Côte-d'Ivoire

sont précisées et que la colonie entre dans l'Afrique occidentale française. Mais les résistances des populations ivoiriennes de l'intérieur, toujours les mêmes Gouros, Baoulés et Attiés, se poursuivront jusqu'en 1914 et même au-delà. Dans les années trente, les Gbantiés de Boundiali, les Attiés de Rubinot, les Dioulas de Bobo se révoltèrent contre la colonisation française.

Mais ces résistances héroïques du peuple ivoirien ne sont pas reconnues par la Côte-d'Ivoire officielle. Houphouët, le premier président de la Côte-d'Ivoire, avait une conception curieuse de l'histoire des peuples. Pour s'entendre avec le colonisateur, il a effacé la résistance à la colonisation. Il a parlé des vainqueurs et a oublié les vaincus. Il a laissé les vaincus dans l'ombre de l'oubli.

C'est pourquoi aucune rue des villes ivoiriennes ne porte le nom des résistants ivoiriens à la colonisation. En revanche, elles affichent les noms des administrateurs coloniaux les plus cruels et racistes. La Côte-d'Ivoire met entre parenthèses les souffrances et les actes héroïques des Ivoiriens pendant la pénétration et la conquête coloniale du pays. C'est pourquoi les Ivoiriens vont chercher leur appartenance à la patrie dans l'ivoirité. L'ivoirité, c'est être ivoirien avant d'autres. Ce n'est pas avoir versé son sang pour la patrie...

Moi, j'étais en train de réfléchir à tout ce que Fanta sortait de sa tête remplie de choses merveilleuses. C'était trop pour moi qui l'écoutais et l'enregistrais. C'était trop pour ma tête de petit oiseau. Mon école n'est pas allée loin, je ne pouvais pas tout comprendre tout de suite. Je comprendrais lorsque je serais prêt pour le brevet et le bac. Je pensais à tout et tout lorsque soudain, au détour de la route, nous avons entendu des cris. Des cris perçants. Nous nous sommes arrêtés, surpris et inquiets. Et nous avons vu, courant à notre rencontre, trois malheureux poursuivis par une horde de personnes balançant chacune un coupe-coupe. Fanta a hurlé et s'est enfuie dans la forêt. Pour moi, c'était l'occasion de démontrer que j'avais du solide entre les jambes. Je ne pouvais pas suivre Fanta. Elle allait penser que j'étais peureux comme une bouillie de sorgho de ramadan. Je me suis courbé, j'ai tourné deux fois dans les manches de mon boubou trop large. J'ai sorti le kalach, j'ai tiré en l'air une rafale de cinq coups. La horde s'est dispersée et a disparu dans la forêt. Les trois fuyards se sont mis sous ma protection. Pour montrer à Fanta que j'étais un ancien enfant-soldat, j'ai tiré cinq autres rafales en direction de la forêt où avaient disparu les poursuivants.

Les trois fuyards m'ont remercié, puis ils se sont présentés. C'étaient des Burkinabés, des agriculteurs burkinabés. Ils avaient été expulsés de leur plantation de cacao. Il y avait là le père, son épouse et leur fils. Le père avait acheté la terre à des Bétés quinze ans plus tôt. Depuis quinze ans, il cultivait la même plantation. Le président Houphouët avait dit que la terre appartenait à celui qui la cultivait. Le père avait quand même donné de l'argent aux autochtones. La terre lui appartenait donc deux fois : il l'avait achetée et il l'avait cultivée. Il vivait bien avec les villageois. Il était devenu un Bété parlant le bété aussi bien qu'un Bété. Mais voilà qu'étaient arrivées l'ivoirité et la présidence de Gbagbo. Ses amis villageois étaient venus lui dire de partir, d'abandonner sa terre, sa plantation, tout ce qu'il possédait. Il avait refusé, carrément refusé. Mais, ce matin même, les villageois s'étaient fait accompagner par des gendarmes. Les gendarmes lui avaient demandé de partir immédiatement parce qu'ils ne pouvaient pas garantir sa sécurité ni celle de sa famille. Quand les Burkinabés avaient commencé à rassembler leurs bagages, les villageois s'étaient armés de coupe-coupe et avaient entrepris de les poursuivre.

La mère burkinabé a éclaté en sanglots. Elle pleurait comme un enfant gâté, comme un veau. Je l'ai regardée du pied aux cheveux. Je souriais. Je lui ai dit qu'elle devait s'estimer heureuse. Les villageois avaient été gentils : ils ne les avaient pas tués. C'est la présence des gendarmes qui les avait sauvés. Gnamokodé (putain de ma maman) !

Je ne regrettais pas d'avoir envoyé dans la forêt où ils avaient disparu cinq rafales supplémentaires. Si j'avais zigouillé des Bétés, c'était bien fait pour eux. Ça faisait un escadron de la mort en moins. Faforo (cul de mon père) !

Fanta est sortie de la forêt avec beaucoup de précautions. Elle a salué les Burkinabés. Elle avait de l'intelligence et encore du cœur. Moi pas. Elle a consolé la femme qui continuait à pleurer comme un enfant pourri à qui on a arraché son petit oiseau. Comme le soleil commençait à descendre et que la femme n'arrêtait pas de pleurer, Fanta s'est tournée vers le chef de famille. Elle lui a demandé s'il voulait faire pied la route avec nous. Nous allions au Nord, à Bouaké. Après une courte réflexion, le père a accepté. Il n'avait plus rien et ne savait pas où aller.

Nous avons ensemble repris notre marche vers le Nord.

Après de longues minutes de silence, Fanta reprit son enseignement de l'histoire de la Côte-d'Ivoire pour que je comprenne l'origine du conflit tribal. Quand c'est un affrontement entre des civilisés, on appelle cela une guerre. Dans les guerres, il y a plus de matériels, plus de destructions mais moins de morts. C'est mes dictionnaires qui me l'ont appris. Walahé !

La Côte-d'Ivoire, dans le cadre de l'AOF, est dirigée par des lieutenants gouverneurs. En 1934, le lieutenant gouverneur maître de la Côte-d'Ivoire est Reste. Reste est jeune, dynamique, plein d'initiative, et nourrit de grandes ambitions pour la colonie. Le sol est riche, il faut l'exploiter pour la métropole, la France. Il commence par changer de capitale pour la deuxième fois. De Grand Bassam, la capitale avait été déplacée à Bingerville ; de Bingerville, elle est transportée à Abidjan. Il fait venir des paysans français pour l'exploitation du pays. Cette exploitation ne peut se faire qu'avec la pioche, la houe, la daba et la hache. C'est-à-dire à la main. Rien n'a encore été inventé, dans la machinerie agricole, pour la forêt tropicale. Il faut de la main-d'œuvre, beaucoup de main-d'œuvre, de la main-d'œuvre courageuse. Les habitants de la forêt sont très peu nombreux et surtout, ils sont lymphatiques. De vrais travailleurs, on n'en trouve qu'au Nord du pays. Mais les Sénoufos ne sont pas plus de cinq cent mille. Le problème est posé au niveau de l'AOF et du ministère des

Colonies à Paris. On décide de démembrer la Haute-Volta (appelée aujourd'hui Burkina). Une grande partie du Burkina est rattachée à la Côte-d'Ivoire. Le gouverneur Reste a les mains libres. Il commence par installer des villages de paysans burkinabés dans la forêt ivoirienne. Et surtout, il décrète le système des travaux forcés pour le Nord de la Côte-d'Ivoire et la partie du Burkina rattachée à la Côte-d'Ivoire. C'est-à-dire, dans le langage d'aujourd'hui, le pays dioula.

Le système de travaux forcés est simplement un esclavage qui ne dit pas son nom. Cet esclavage sans le nom est l'institution la plus condamnable, la plus honteuse, la plus contraire aux droits de l'homme de la colonisation. Les jeunes devenaient des conscrits qui, une fois recrutés, étaient sous bonne garde pendant les mois de travaux forcés. Ils étaient envoyés au Sud dans des wagons de marchandises fermés sous 45 de chaleur. Les mêmes wagons, la chaleur en moins, dans lesquels les Allemands envoyaient les juifs aux travaux forcés pendant la dernière guerre. Le système des travaux forcés assure une main-d'œuvre de qualité et bon marché aux paysans français qu'on a fait venir de France. Ces paysans sont planteurs ou exploitants forestiers. Le système des travaux forcés assure aussi une main-d'œuvre de qualité et bon marché aux entreprises de travaux publics et de construction françaises. Les planteurs, exploitants et entrepreneurs français ne se soucient pas de la santé de la main-d'œuvre. Les travailleurs crèvent comme des mouches. Quoi qu'il arrive, ils sont renouvelables tous les neuf mois. C'est la main-d'œuvre du Nord mobilisée dans le cadre des travaux forcés qui a bâti le Sud. C'est elle qui a bâti les routes, les ports, les chemins de fer, les bâtiments du Sud. Parce que les habitants de la forêt du Sud étaient considérés comme lymphatiques.

Lymphatique... Moi, petit Birahima, j'ai couru après le mot dans mes dictionnaires. Eh bien ! ça signifie indolent, mou, incapable d'initiative, bref qui ne sait rien faire, qui ne peut ni ne veut rien faire. C'est parce que les habitants de la forêt étaient considérés comme lymphatiques que les Dioulas sont morts comme des mouches pour construire le Sud. Il n'y a aucune pierre, aucune brique, aucun pont, aucune route, aucun port, etc., du Sud qui n'ait été bâti par des mains de Dioulas du Nord. Faforo (cul de mon père) !

Les habitants du Nord sont mobilisés pour travailler dans les plantations des Européens au Sud et les habitants du Sud pour réaliser des plantations villageoises.

Entre les deux guerres sont engagés les travaux d'infrastructure du chemin de fer Abidjan-Niger et du port d'Abidjan. Ces travaux seront amplifiés après 1945.

Les planteurs africains du Sud sont victimes de graves discriminations. Ils n'ont pas droit à la main-d'œuvre venue du Nord grâce au système des travaux forcés. Pendant la période de guerre, 1939-1945, le cacao n'était pas acheté, il pourrissait sur les arbres. L'administration coloniale paya la production des Européens pour la détruire ensuite. Le planteur africain n'eut droit à aucune compensation. Pour survivre, les planteurs africains décidèrent de créer un syndicat agricole dès que l'autorisation en fut donnée aux colonisés. Ils mirent à la tête de ce syndicat Houphouët-Boigny.

A partir de cette date, l'histoire de la Côte-d'Ivoire se confond avec l'histoire personnelle de Houphouët-Boigny.

Moi, petit Birahima, j'ai cherché dans mes dictionnaires, j'ai trouvé le sens de discrimination. Mais j'avais déjà compris que l'histoire de la Côte-d'Ivoire se confondait avec celle de Houphouët-Boigny. Ce qui signifie que s'ouvraient en Côte-d'Ivoire « les soleils de Houphouët-Boigny ». Les soleils, d'après l'Inventaire des particularités lexicales du français en Afrique noire, signifient ères. A partir du syndicat des planteurs africains, commençait en Côte-d'Ivoire l'ère de Houphouët-Boigny.

Mais le jour commençait à décliner. Il était temps de chercher un gîte pour la nuit. Les Burkinabés qui faisaient pied la route avec nous étaient restés pensifs et silencieux comme l'étranger craignant d'être impoli à l'égard de l'hôtesse. Ils pensaient à leur maison, à tout ce qu'ils avaient abandonné, ils pensaient aux nombreuses années passées à labourer le sol, ils pensaient... et se trouver un jour ainsi en train de monter vers un pays où ils ne connaissaient plus personne.

Voilà qu'à l'entrée d'un village nous est apparu quelque chose de blanc. C'était une sorte de colosse tout de blanc vêtu. Une femme dégingandée, toute en membres et portant une ample camisole blanche de religieuse. Elle tenait haut une grande croix de sa fabrication, faite de deux branches d'arbre croisées et assemblées par des lianes de la forêt. Arrivée à notre hauteur, elle nous a salués et nous a demandé si nous étions des Dioulas fuyant Daloa. Fanta hésitait à répondre. Moi, petit Birahima, j'ai tâté mon kalach caché dans mon grand boubou pour m'assurer qu'il était là, prêt à répondre à toute canaillerie. Et j'ai tranquillement répondu : oui, nous étions des

Dioulas fuyant le pays bété et montant chez nous, au Nord. Elle nous a présenté des excuses pour le mal que ses frères bétés nous avaient fait. Elle nous a demandé de nous aligner sous la croix, de suivre la croix, de suivre le Seigneur, de suivre Jésus-Christ ressuscité et monté au ciel. Fanta et moi, surpris, nous sommes arrêtés près d'elle. Elle a débité long-temps un discours parfois incohérent. Elle s'appe-lait Bernadette. Elle était au service du Seigneur sur cette route et dans ce village. Elle était là pour accueillir chez elle ceux qui n'avaient pas de gîte. Pour cette nuit et pour autant de nuits que nous voudrions. Nous avons hésité à accepter l'invitation, hésité à la suivre. Après un moment de flottement, Fanta s'est décidée à parler. Elle a expliqué que nous avions pour compagnons des Burkinabés qui avaient été expulsés de leur plantation. Bernadette les a appelés et leur a demandé de se joindre à nous. Elle n'avait pas assez de nattes chez elle ; elle leur céderait sa propre natte et coucherait sous la véranda. Sa maison était le domicile du Seigneur et elle rece-vait tous ceux qui cherchaient un gîte. Nous l'avons finalement suivie.

Elle habitait à l'entrée du village, un peu en retrait. La maison était grande, tout entourée d'un potager qu'elle cultivait. Elle était veuve, son mari avait été rappelé par le Seigneur. Elle avait eu cinq enfants

68

– oui, cinq – qui tous avaient été rappelés par le Seigneur.

Elle nous a offert des nattes, à nous et à nos malheureux compagnons burkinabés. Elle nous a apporté de l'eau chaude pour la douche et de la nourriture pour le dîner. Ce n'était ni très bon ni très suffisant, mais ça venait du cœur. Toute la nuit, elle a prié le Seigneur pour l'âme de tous les morts, de nos morts et des morts bétés. Elle a prié le Seigneur pour qu'il accorde sa miséricorde à tous ceux qui avaient fait du mal. Du mal aux Bétés et du mal aux Dioulas…

Le matin, au réveil, après notre prière musulmane avec les Burkinabés, nous sommes restés perplexes. Il nous fallait partir. Et comment partir sans remercier Bernadette, sans lui demander la route (sans prendre congé)? Le soleil était déjà haut dans le ciel mais notre hôtesse était plongée dans un profond sommeil. Nous avons crié plusieurs fois son nom, Bernadette. Nous l'avons touchée, nous l'avons vigoureusement secouée. Rien à faire, elle refusait de nous répondre, elle refusait de se réveiller. Elle était dans un sommeil proche du sommeil du Seigneur. A regret, nous avons pris pied la route. Toujours vers le Nord.

Nous étions à deux jours de marche de Daloa. Il y

avait de moins en moins de réfugiés. Fanta a repris son enseignement de l'histoire de la Côte-d'Ivoire.

Pendant la guerre, sous le pétainisme, les colons se trouvèrent seuls maîtres du pays. Leur arme était l'idéologie du fascisme de l'Allemagne. Ils appliquèrent un apartheid dur et tatillon. La colonisation, dès ces premiers jours, ne tolérait plus que les blancs se mêlent aux nègres. De nouvelles règles renforcèrent la séparation, la poussant jusqu'au comptoir des boutiques. Chaque boutique séparait en deux parties le comptoir où blancs et noirs devaient s'arrêter pour faire leurs emplettes.

Un jour, vinrent la Libération et le gaullisme. Tout changea. Les règles de l'apartheid sautèrent. On vit des enfants curieux se grouper à l'entrée de l'hôtel Bardon et des autres bars d'Abidjan pour observer noirs et blancs consommer ensemble. Et ce ne fut pas tout. On vit aussi débarquer de nouveaux blancs. Ceux-là s'intéressaient aux conditions des noirs indigènes. Ils avaient un autre langage et un autre comportement. Ils entreprirent les formations politiques des noirs qui devaient envoyer des représentants aux constituantes et aux assemblées parlementaires de Paris. Ils organisèrent des Unions d'études communistes (UEC). C'étaient des cours du soir qui permettaient de comprendre l'économie et la situation sociale des noirs de la Côte-d'Ivoire. Les analyses étaient faites dans une perspective socialiste, communiste. Ces nouveaux blancs étaient des communistes. Ils se mêlaient aux noirs indigènes, ils allaient chez les noirs. Ils prirent en main l'organisation du Syndicat des planteurs africains de Houphouët-Boigny. Ils en firent un instrument politique redoutable pour les échéances futures. Ils devinrent les amis et conseillers de Houphouët-Boigny et de son équipe. Ils organisèrent tout autour de Houphouët-Boigny.

Quand vint l'élection de députés pour la première Constituante, Houphouët se présenta et ses amis axèrent sa campagne sur la suppression des travaux forcés. Avec une telle affiche, tout le Nord vota comme un seul homme pour le député Houphouët-Boigny. Au Sud, moins sensible aux travaux forcés, les voix se dispersèrent. Elles allèrent à d'autres candidats.

Il y eut une deuxième Constituante. La Constitution proposée par la première avait été rejetée par la droite française parce qu'elle « faisait coloniser la France par ses colonies ». Heureusement, les libéralités comme la suppression des travaux forcés et la citoyenneté de l'Union française acquises au cours de la première furent préservées. La loi Houphouët-Boigny, la loi supprimant les travaux forcés, fut perpétuellement acquise. Le nom de Houphouët-Boigny, lié à la suppression des travaux forcés, fit de lui un homme-dieu au nord de la Côte, dans l'actuel Burkina et dans le Niger. Dans la cosmogonie de certaines sectes de l'époque, Houphouët-Boigny et de Gaulle figurèrent parmi les dieux. C'est dire que Houphouët-Boigny avait acquis une popularité exceptionnelle dans toute l'Afrique francophone et même au-delà. Il n'y a rien de surprenant à ce qu'il fût désigné comme le président du Rassemblement démocratique africain lors de la création de ce mouvement à Bamako. Ce mouvement qui allait jouer un rôle primordial dans l'émancipation de l'Afrique.

Les deux libéralités avaient été obtenues grâce à l'appui du groupe communiste. Les compagnons de route des communistes qu'étaient Houphouët-Boigny et ses amis conduisirent la grande majorité des intellectuels africains à étudier le communisme, à aimer le communisme, à croire que la seule solution au sous-développement était le communisme. Cette propagande insidieuse pour le communisme effrayait les colons, qui étaient tous anticommunistes. Déjà, en 1947, ils avaient obtenu la reconstitution de l'actuel Burkina, appelé alors la Haute-Volta, pour faire échapper ce pays à l'influence communiste. Ce qui eut pour effet de faire perdre aux Burkinabés le bénéfice des sacrifices qu'ils avaient consentis pour la construction de la basse Côte-d'Ivoire. Du jour au lendemain, tous les Burkinabés se trouvèrent étrangers dans un pays qu'ils avaient bâti avec leur sang. Houphouët, devant l'injustice de la situation, voulut instituer, en 1964, la double nationalité entre Ivoiriens et Burkinabés. Mais la proposition arrivait trop tard : elle fut rejetée par les habitants de la basse Côte-d'Ivoire avec fracas.

Là, Fanta s'est interrompue. Le soleil était arrivé au point de la première prière et Fanta n'aurait jamais toléré qu'une prière ne soit pas courbée à son heure. Nous avons prié avec les Burkinabés. Un des Burkinabés a fait l'imam. Après la prière, nous nous sommes reposés un bout.

Moi, petit Birahima, j'ai réfléchi et bien pensé. Il y a deux sortes de blancs. Des blancs qui trouvent que le nègre est un menteur fieffé et que, même lorsqu'il se parfume, il a une odeur persistante : il continue à sentir le pet. Il faut l'éloigner et le traiter comme un baudet. Ce sont les partisans de l'apartheid comme les pétainistes pendant la guerre. D'autres croient que le nègre est né bon et gentil, toujours le sourire, toujours prêt à tout partager. Il faut le protéger contre les mauvais blancs. Ce sont les communistes.

D'autre part, les Burkinabés ont été les rats de la Côte-d'Ivoire. Ils ont creusé le trou de la Côte-d'Ivoire (construit le pays) et les serpents ivoiriens les ont chassés de leur trou pour l'occuper. Faforo!

Après le repos, nous avons pris pied la route et Fanta a continué son enseignement.

Quand arriva la guerre froide, les communistes furent exclus du gouvernement en France. Le RDA de Houphouët-Boigny et son groupe perdirent leur appui à l'Assemblée nationale. Ils n'eurent plus personne pour parler d'application des droits de l'homme. On les laissa seuls avec les colons. Et le gouvernement français s'attela sérieusement à la lutte contre la pénétration du communisme en Afrique. On envoya dans chaque colonie des gouverneurs d'exception, des anticommunistes de fer. La Côte-d'Ivoire eut Péchoux. Péchoux pensait qu'à l'égard du noir, de surcroît communiste, il n'y avait pas la moindre règle morale à respecter. C'était un homme sans morale et sans vergogne. Il engagea aussitôt la lutte contre le RDA par tous les moyens, sans en exclure aucun. Et partout en Côte-d'Ivoire, dans toutes les villes, les habitants se soulevèrent. Les mouvements furent sévèrement réprimés. Un mandat d'arrêt fut lancé contre Houphouët-Boigny qui n'échappa à l'arrestation qu'en se réfugiant en France. Il se terra à Paris jusqu'à ce que Mitterrand lui tende la perche de la rupture avec le Parti communiste et de l'adhésion du groupe RDA à son petit parti, Union démocratique et socialiste de la résistance. Houphouët-Boigny appela l'opération repli stratégique et envoya de nombreux messagers en Afrique pour l'expliquer aux militants. Certains ne comprirent pas. Ils démissionnèrent ou cessèrent de militer.

Le repli stratégique permit à Houphouët-Boigny d'entrer dans le gouvernement français et de devenir un ami de De Gaulle. De glissement en glissement, il finit par être l'anticommuniste viscéral que tout le monde a connu. Il rejeta tout sentiment nationaliste.

En 1960, la France s'aperçut, après études avec le général de Gaulle, que la colonisation de l'Afrique noire, avec des nègres qui évoluaient de plus en plus et demandaient de plus en plus, revenait très cher à la métropole. Cette colonisation n'était pas indispensable, elle ne se justifiait plus. Et le général, sans états d'âme, voulut octroyer l'indépendance à toutes les colonies qui ne présentaient pas d'intérêt stratégique. Que les responsables de chaque colonie le veuillent ou non. Houphouët-Boigny espérait obtenir pour la Côte-d'Ivoire le statut d'État associé à la

France. Le président de Gaulle refusa et l'obligea à proclamer l'indépendance le 7 août 1960.

Moi, petit Birahima, j'étais en train de réfléchir à tout ce que Fanta avait dit. Tout cela était trop compliqué pour moi maintenant. Je ne pouvais pas tout comprendre tout de suite. Je comprendrais plus tard, lorsque je serais prêt pour le brevet et le bac.

Pour le moment, j'ai compris qu'après avoir allumé l'incendie en Côte-d'Ivoire Houphouët-Boigny s'est enfui et s'est bien caché dans un petit hôtel minable à Paris en France. Mitterrand lui a tendu la main. Il l'a saisie et a appelé cela le repli stratégique et le repli stratégique a fait de Houphouët le grand homme que tout le monde admire et vénère aujourd'hui. Et puis Houphouët-Boigny a pleuré comme un enfant pourri pour que la Côte-d'Ivoire reste une colonie de la France. Le général de Gaulle a carrément refusé. Faforo!

Nous ne devons pas être loin de la ville de Monoko Zohi. Un Dioula a voulu nous conduire à un charnier qu'on venait d'y découvrir le jour même. Il l'a appelé « kabako ». J'ai cherché le mot kabako dans mon Inventaire des particularités lexicales du français d'Afrique noire. Kabako est un mot dioula qui signifie littéralement (c'est-à-dire mot pour mot) :

quelque chose qui laisse la bouche bée. Ce mot se dit en dioula pour une horreur des horreurs. C'est-à-dire une horreur impensable, incroyable, indicible.

Les forces loyalistes avaient reconquis Monoko Zohi. Les forces rebelles les avaient contre-attaquées et les avaient chassées de la ville. Les loyalistes, avant de s'enfuir comme des voleurs, s'étaient dispersés dans la ville et les concessions (les cours) et avaient enlevé autant de Dioulas qu'ils l'avaient pu. Ils les avaient réunis dans la forêt et les avaient tous fusillés comme des bêtes sauvages. Puis, dans la précipitation, ils avaient couvert leurs cadavres de légères pelletées. Le charnier était un kabako. Comme kabako, on ne pouvait pas s'approcher sans fermer le nez et la bouche avec des chiffons (les puanteurs empestaient à un kilomètre à la ronde). Sans cela, on était foudroyé comme des mouches par un fly-tox. Comme kabako, tout l'univers s'était donné rendez-vous autour du charnier. D'abord tous les vautours et toutes les espèces de rapaces de la Côte-d'Ivoire s'étaient placés sur les sommets des arbres de la forêt environnante. Et ça ululait, croassait et glatissait. (D'après mes dictionnaires, les rapaces, les corbeaux et les aigles ne crient pas, ils ululent, les corbeaux croassent et les aigles glatissent.) Par terre, les fauves, les cochons et les sangliers se disputaient les membres des cadavres. Avec férocité, et ça grommelait, grouinait, vermillait. (D'après mes dictionnaires, les fauves, les cochons et les sangliers ne grognent pas, mais ils grommellent, grouinent et vermillent.) Les volées de grosses mouches faisaient un vacarme de concorde supersonique. Les volées de papillons noirs constituaient un nuage infranchissable au-dessus de la forêt. Et même les serpents et d'autres rampants de la forêt se dépêchaient pour participer à la ripaille, à la fête. C'était le charnier de Monoko Zohi, un vrai kabako !

Les victimes avaient de la chance : au lieu de pourrir pour servir d'humus au sol ivoirien qui donne le meilleur chocolat du monde, leurs membres et leurs têtes servaient de repas succulents aux fauves et aux cochons, des bêtes vivantes. Il est beaucoup plus valeureux de nourrir des bêtes que de fournir de l'humus aux plantes. Les plantes, ça ne bouge pas et ça n'a jamais dit grand-chose. Les bêtes, ça se déplace, ça court, ça voltige, ça hurle, ça grogne et même parfois ça court après l'homme, ça l'attrape, le renverse et le mange vivant. Gnamokodé (putain de la mère) !

Après le charnier de Monoko Zohi, nos compagnons burkinabés et Fanta ont perdu leurs langues. Ils étaient muets comme l'étranger surpris avec la femme de l'hôte. Nous avons marché en silence et nous avons atteint la ville même. Nous l'avons évitée et avons poursuivi notre pied la route en silence pendant près de trois heures. Nous arrivions à Vavoua.

A Vavoua, Fanta avait un ami de son père appelé Vasoumalaye Konaté. L'homme était connu dans la ville. La première personne à qui nous avons demandé si elle connaissait le domicile de Vasoumalaye s'est aussitôt proposé de nous y conduire. C'était une grande cour dioula comprenant quatre grandes maisons construites en rectangle. Le maître de la cour, Vasoumalaye, était présent. Dès qu'il a su que Fanta, la fille de Haïdara, était là, il s'est joint à ses épouses qui nous souhaitaient la bienvenue avec des gobelets d'eau fraîche. Il se jeta sur Fanta, l'embrassa et, la gorge enrouée par l'émotion, il déclara :

« J'ai appris que ton papa avait disparu. J'ai téléphoné et écrit à Gbagbo, au président Gbagbo même, pour qu'on le recherche et le retrouve. L'époque est dure. Des rebelles ont attaqué le pays avec toutes sortes d'armes. Sans aucune raison. Sans qu'on leur ait fait le moindre mal. »

Il laissa Fanta se désaltérer puis, la gorge toujours enrouée, il prononça plusieurs fois : « i fô-o, yaco » (i fô-o et yaco signifient je partage vos peines). Il a aussitôt indiqué les chambres que nous devions occuper. Nos compagnons burkinabés ont souhaité aller loger chez des parents à eux mais Vasoumalaye s'y est opposé :

« Non et non. Vous êtes des compagnons de Fanta. Fanta est comme ma propre fille. Vous êtes obligés de rester avec elle chez moi. »

Nous avons occupé nos chambres et, le soir, après les douches et le repas, nous avons effectué ensemble une prière commune. La prière était dirigée par le maître de la concession. Après la prière, nous nous sommes tous retrouvés assis autour de la chaise longue occupée par Vasoumalaye au milieu de la cour. Il y avait toute la famille de Vasoumalaye, ses femmes, ses enfants, tous ceux qui habitaient la cour, puis les Burkinabés, Fanta et moi. A demi étendu sur la chaise centrale, Vasoumalaye nous a demandé de donner les nouvelles. (Donner les nouvelles, d'après l'Inventaire, consiste à prononcer des formules généralement stéréotypées, fournissant des renseignements assez vagues sur le lieu d'où l'on vient.)

C'était le chef de famille burkinabé qui devait répondre. Il était l'homme le plus âgé parmi nous. Il a répondu :

« Rien de mal. Vous avez les salutations de tous les gens que nous avons rencontrés. Nous avons quitté Daloa où ont eu lieu les événements que vous connaissez et nous allons au Nord pour retourner chez nous. »

Vasoumalaye a répliqué :

« Grâce à Allah, la journée ici a été paisible. »

Puis la discussion a porté sur la situation en Côte-d'Ivoire.

Vasoumalaye, qui était un des rares Dioulas partisans du FPI de Gbagbo, s'est expliqué d'entrée de jeu :

« Les Dioulas accusent le président Gbagbo de tous les maux du monde. C'est lui qui serait à l'origine de tous les malheurs du pays. C'est lui qui serait responsable du charnier de Yopougon, des charniers de Daloa, de Monoko Zohi et de Vavoua. Que sais-je encore ? C'est lui qui envoie les avions qui viennent bombarder les paisibles villageois sur les marchés. C'est lui qui met sur les routes de Côte-d'Ivoire tous les réfugiés. C'est lui qui dirige en personne avec sa femme tous les escadrons de la mort qui sèment tant de désolation. Les escadrons de la mort sont des tueurs d'imams... Que sais-je encore ? Oh, Dioulas ! craignez Allah, ne portez pas d'accusations gratuites. Le jour du jugement dernier, vous aurez à prouver ce que vous aurez avancé ! »

Moi, j'étais content, il défendait le président comme moi. Fanta et les Burkinabés paraissaient contrariés. On ne dit pas d'un noir qu'il est rouge de colère mais Fanta et les Burkinabés étaient visiblement très, très contrariés. Ils avaient peine à contenir leur colère. Pourtant, ils ne disaient rien. Et c'est la première femme de Vasoumalaye qui a répondu à son époux :

« Si ce n'est pas le président Gbagbo qui est responsable, ce serait qui ? C'est bien lui qui dirige le pays et jamais, jamais de jamais, il n'y a eu une enquête sérieuse pour arrêter les assassins. Les escadrons de la mort, c'est lui. C'est lui ou sa femme qui dirige ces tueurs d'imams. C'est lui qui a commandé les avions pilotés par des mercenaires. Ces avions bombardent les marchés et les villages. C'est lui qui commande les loyalistes qui ont fait le charnier de Yopougon et celui de Monoko Zohi. Gbagbo est un criminel qui doit rendre compte au tribunal international comme Taylor… »

Vasoumalaye a levé la main pour interrompre son épouse. Il y a eu un instant de silence. Puis le maître de la maison a parlé tranquillement :

« Moi, Vasoumalaye, je suis un partisan de Gbagbo depuis les soleils de Houphouët-Boigny (l'ère de Houphouët-Boigny) et je le resterai tant qu'on ne me démontrera pas qu'il est responsable de tous les crimes dont on l'accuse. Gbagbo a été le seul homme à s'opposer ici à Houphouët-Boigny.

– Cela lui donne-t-il le droit d'assassiner ? a répliqué son épouse.

– Cela ne donne aucun droit mais cela oblige ses

accusateurs à donner les preuves de ce qu'ils avancent. »

La discussion s'est poursuivie jusqu'à une heure avancée de la nuit. Les échanges entre Vasoumalaye et son épouse étaient parfois violents.

Moi, petit Birahima, j'étais content. Vasoumalaye a répété ce que j'avais dit à Daloa alors que j'étais soûl quand la guerre tribale a débarqué dans le pays.

Mais il se faisait tard. Après les salutations d'usage, chacun a regagné son lit.

Dès le premier chant du coq, dès quatre heures du matin, nous étions tous sur pied. L'heure de la prière du matin est sacrée chez Vasoumalaye. Nous nous sommes lavés à l'eau chaude et avons prié en commun sous la direction du maître de la maison. Nous avons déjeuné en commun à la bouillie de riz au lait vers six heures, puis vint le moment de la séparation.

A nos remerciements, Vasoumalaye s'est écrié : « Non et non ! Pas de remerciements pour ce qui est fait dans la fraternité et l'humanité. » Il voulait d'abord nous dire au revoir mais, s'étant ravisé, il a demandé à Fanta de lui passer le sac qu'elle portait sur l'épaule.

« Je le conserve, a-t-il dit, je le confisque. Vous êtes obligés de passer une seconde nuit ici pour que je puisse jouir chez moi de la présence de Fanta une seconde journée. Si je vous laissais continuer votre route comme ça, mes amis me le reprocheraient. J'aurais reçu la fille de Youssouf fatiguée et je ne l'aurais pas retenue pour un repos mérité ? »

Nous avons passé une autre nuit à Vavoua. Le lendemain matin, au moment de se quitter, Vasoumalaye a déclaré :

« Vous pouvez jouir de notre hospitalité autant de soirs que vous le voudrez. Fanta est ma fille et vous êtes chez vous ici. Prions ensemble pour le retour de la paix dans le pays. »

Il a récité des bissimilaï que nous avons répétés après lui :

« Qu'Allah qui est au ciel nous gratifie de ses bénédictions. »

III

Et nous avons pris notre pied la route vers le Nord, direction Zenoula. A la sortie de la ville, Fanta a continué son enseignement.

Un écrivain a dit que les indépendances s'étaient abattues sur l'Afrique en 1960 comme une nuée de sauterelles. Il avait raison. En 1960, la France s'était aperçue avec le général de Gaulle que la colonisation de l'Afrique noire, avec des nègres qui évoluaient de plus en plus et qui demandaient de plus en plus, était de moins en moins rentable. Sans états d'âme, le général avait octroyé l'indépendance à toutes les colonies qui ne présentaient pas d'intérêts stratégiques pour la France. Y compris la Côte-d'Ivoire malgré les réticences de Houphouët-Boigny.

Dans ces nouveaux États indépendants sans assises sérieuses, des coups d'État à répétition, initiés par des anciens combattants d'Indochine plus ou moins encouragés par la France, éclatèrent. Ils s'approchèrent dangereusement de la Côte-d'Ivoire avec celui du sous-officier d'alors, Eyadema, au Togo. Houphouët-Boigny prit peur et s'en alla consulter ses devins. Les devins lui révélèrent qu'en Côte-d'Ivoire aussi un complot se préparait. Il était mûr. Les conjurés, pour réussir infailliblement, avaient réalisé le suprême des suprêmes en matière de sacrifices : l'immolation d'un chat noir dans un puits. La conspiration eut pour nom « le complot du chat noir ». Les devins chargés de désigner les comploteurs se firent psychologues. Ils indiquèrent les personnes que Houphouët-Boigny souhaitait accuser. Principalement des cadres du Nord, plus quelques éléments turbulents du Sud. Le président de la République fit bâtir à la sortie de sa résidence de Yamoussoukro des cagibis de torture. Chaque matin avant le petit déjeuner, il les visitait et supervisait la torture des comploteurs. Il questionnait avec férocité. Le président Boka, président de la Cour suprême, est mort sous la torture et beaucoup de cadres du Nord sortirent de l'endroit marqués et traumatisés à vie. Il y eut un semblant de procès présidé par Yacé. Presque tous les accusés furent condamnés à la peine de mort. Heureusement, personne ne fut exécuté.

Quelques années après, il vint à Houphouët-Boigny l'idée de passer pour le sage de l'Afrique, pour celui qui n'avait jamais versé la moindre goutte de sang humain et qui, par conséquent, méritait le prix Nobel de la Paix. Il libéra tous les prisonniers, fit démolir les cagibis de torture et déclara publiquement que le complot du chat noir était un faux, une manigance de policiers. Les aveux des accusés étaient sans fondement, obtenus sous la torture. Il présenta ses excuses aux anciens prisonniers.

Du complot du chat noir naquit la première fracture entre éléments du Nord et du Sud. Les cadres du Nord furent les principaux accusés de ce faux complot.

Les morts et les tortures du complot du chat noir de l'époque de Houphouët-Boigny paraissent des chiquenaudes et des nasardes comparées aux charniers barbares de l'ère de Gbagbo que nous vivons aujourd'hui.

Moi, petit Birahima, j'ai tout retenu sans tout comprendre. Ce que je n'ai pas compris pour le moment sera bien compris avec mes dictionnaires quand je serai fortiche pour le brevet élémentaire et pour le bac.

Pour le moment, j'ai compris que le général de Gaulle a donné les indépendances parce que les colonies n'étaient plus rentables. Houphouët-Boigny a évité un complot en créant son propre complot et en torturant les cadres du Nord. Donc il a évité des charniers. Donc il a bien fait. Faforo (cul de mon père)!

L'industriel américain Ford a dit : « On n'est pas un grand homme par ce qu'on réalise soi-même ou par ce qu'on sait faire, mais par la qualité des personnes dont on sait s'entourer. » Houphouët-Boigny fut un grand homme durant les premières années de l'indépendance du pays.

D'abord, il refusa de donner la direction du pays à ses compatriotes noirs peu instruits et incapables de diriger un État moderne. L'indépendance ne signifiait pas l'africanisation au rabais (c'est-à-dire l'accès immédiat à des postes de responsabilité de nègres incapables et ignares). Les coopérants français (coopérant fut le nouveau nom du colon sans rien changer au contenu) eurent la main sur tout. La politique du président Houphouët-Boigny était différente de celle des États voisins, qui avaient décidé une africanisation à outrance. Houphouët-Boigny fit venir des milliers de coopérants. Des coopérants de valeur. Il les recruta à prix d'or. C'est eux qui permirent d'accompagner la conjoncture internationale de l'époque (les années soixante) par des créations

originales. Ils décidèrent la création de la Caisse de
stabilisation (pour le commerce des produits d'exportation). Il y eut le budget spécial d'investissement,
la Caisse autonome d'investissement et surtout les
Sodés (sociétés publiques chargées de développer
telle ou telle production).

Houphouët eut une autre idée géniale... qui se
trouve au centre des débats actuels. Pour profiter
de la conjoncture internationale de l'époque, il voulut une main-d'œuvre importante et de qualité. Il
décida de l'entrée massive des étrangers en Côte-
d'Ivoire. Houphouët-Boigny disait que ses compatriotes du Sud étaient incapables de réussir un
travail dur, sérieux et continu. Il n'y avait pas de
main-d'œuvre en Côte-d'Ivoire. Il fallait la faire
venir. Houphouët-Boigny eut toujours peur de
manquer de main-d'œuvre pour le développement
de la Côte-d'Ivoire. Il profita des socialisations en
cours dans les États voisins, notamment en Guinée,
au Mali et au Ghana, pour attirer la main-d'œuvre
vers son pays. Il proclama haut et fort que la terre
ivoirienne appartenait à l'État ivoirien et à personne
d'autre. Et cette terre appartiendrait définitivement
à celui qui la mettrait en valeur. Les hommes accou-
rurent de partout et surtout du Burkina voisin qui
avait eu un temps un destin commun avec la Côte-
d'Ivoire.

Toutes ces heureuses idées permirent à l'économie de la Côte-d'Ivoire d'être florissante pendant les deux décennies qui suivirent l'indépendance, avec des taux de croissance de plus de 6 %.

Cette exceptionnelle croissance de l'économie devait marquer le pays dans tous les domaines : l'équipement, la croissance de la population, l'évolution de la société ivoirienne, et même le comportement de l'individu ivoirien.

De réussite en réussite, Houphouët-Boigny, principal artisan de ce développement, finit par se croire un prophète, voire un dieu. Dans certaines sectes ivoiriennes, Houphouët-Boigny faisait partie du panthéon. Ses discours étaient émaillés d'adages plus ou moins consistants qui émerveillaient son entourage. Un de ses courtisans lui demanda un jour pourquoi il ne mettait pas par écrit à la disposition des intellectuels du monde entier ces pensées que tous admiraient.

« Ni Jésus-Christ ni Mohammed n'ont écrit de livres, répondit-il. Ils se sont contentés de parler en public et leur entourage a recueilli leurs pensées. C'est à vous de capter ce que j'exprime. »

Toujours la même méthode. J'ai tout enregistré dans ma petite cabosse. Je le sortirai lorsque je préparerai mon brevet et mon bac et, avec mes dictionnaires, je l'étudierai et le comprendrai comme un grand. Pour le moment, je sais que Houphouët-Boigny a fait venir les blancs pour tout commander et les nègres indigènes des autres pays pour abattre le travail manuel, le travail de nègres. Parce que les Ivoiriens, surtout les Ivoiriens du Sud, ne sont pas courageux au travail. Ils sont lymphatiques. Gnamokodé (putain de ma maman) !

Après dix ans, quinze ans et vingt ans, les coopérants ne pouvaient plus avoir la main sur tout. La Côte-d'Ivoire avait formé une pléthore d'Ivoiriens capables d'assurer la relève. Ils avaient fait les mêmes études que les blancs qu'ils relevaient. C'était la relève générale, l'africanisation des cadres en Côte-d'Ivoire. Cette africanisation ne se faisait pas au rabais au niveau intellectuel mais au rabais dans les salaires. Le nègre touchait quatre à cinq fois moins que le blanc qu'il relevait.

Le nègre était serré dans le poste. Il lui était impossible d'assurer ses besoins et ceux de sa famille. On signala la situation au président Houphouët-Boigny. Et le président répondit par d'amusants proverbes africains : « On ne regarde pas dans la bouche de celui qui est chargé de décortiquer l'arachide. On ne doit pas être toujours là à regarder dans la bouche de celui qu'on a chargé de fumer l'agouti. » (L'agouti est un gros rat qu'on trouve un peu partout en Afrique et dont la chair est jugée succulente.) Ces proverbes signifient qu'il faut savoir se servir en catimini sur la matière qu'on a en main et sur laquelle on travaille. Il faut savoir se faire payer le complément de salaire par le service dont on a la responsabilité. Personne ne vous en voudra tant que personne ne vous surprendra. Ces proverbes furent bien compris par les Ivoiriens à tous les niveaux. Et ce fut la corruption généralisée, du ministre au planton. Chacun se mit à chercher le complément de salaire où il pouvait l'acquérir. Le langage courant d'Abidjan fleurit de mille expressions plus ou moins savoureuses pour dire corrompre quelqu'un : fais-moi, fais ; fais un geste ; fais le geste national ; mouille ma barbe ; coupe mes lèvres ; ferme ma bouche...

Depuis, cela continue. La corruption est devenue une constante de la société ivoirienne. Houphouët-Boigny l'a laissée s'établir. Parce qu'il était lui-même corrompu, corrupteur et dilapidateur.

Houphouët-Boigny fut un corrompu. Dès qu'il eut le pouvoir, tous ses proches et amis devinrent des milliardaires. Il se mit à faire des investissements dans la propriété familiale. Le terroir ancestral fut érigé de palais orientaux dignes des Mille et Une Nuits. Tout autour, apparurent des plantations, des exploitations immenses qu'une demi-journée de voiture d'un visiteur ne permettait pas de parcourir en totalité. Ces investissements s'étendirent à tout le village qui fut couvert d'hôtels de luxe, d'établissements de rencontres merveilleux, de lieux de culte stupéfiants, et traversé par des autoroutes qui ne servaient qu'aux ébats des singes sauvages. Ses investissements s'étendirent à toute son ethnie. Chaque famille de son ethnie eut droit à une villa équipée en eau et en électricité. Ses investissements s'étendirent à toute la contrée où furent construits des barrages et de nombreuses usines de transformation. De sorte que la région devint une zone développée au milieu d'une Côte-d'Ivoire tout entière sous-développée.

Houphouët-Boigny fut l'un des plus grands corrupteurs que la terre ait engendrés. Il ne croyait pas aux idéologies, aux principes, aux hommes de foi, aux incorruptibles. Il disait qu'il existait des corrupteurs qui n'avaient pas assez proposé mais jamais d'incorruptibles qui aient indéfiniment résisté à tous les arrosages.

Houphouët-Boigny fut un dilapidateur, généreux de l'argent de l'État. Par une sorte de solidarité avec les chefs d'État francophones, il entretenait automatiquement tous ceux qui avaient été déchus par des coups d'État. Le chef déchu et sa famille avaient le logement, la nourriture et l'argent de poche. Les enfants obtenaient une bourse pour toute la durée de leur scolarité. Tous ceux qui rendaient visite à Houphouët sortaient de chez lui avec des enveloppes bien garnies. On exigeait du visiteur qu'il dise à la presse, en sortant sur le perron, les éloges adulateurs et génuflecteurs du vieux sage de l'Afrique, le vieux naturellement bon et généreux qui, par son génie, avait permis à son pays d'être de loin la terre la plus développée d'Afrique.

Ses obligations de dépensier, de dilapidateur, étaient assurées en partie par trois sacs pleins d'argent que la Caisse de stabilisation des produits agricoles lui fournissait chaque jour. Un matin de grand orage, les sacs vinrent à manquer. Houphouët-Boigny fit venir dare-dare à la présidence le directeur de la Caisse. Celui-ci arriva et souffla discrètement à l'oreille du président que la caisse était vide. Houphouët-Boigny ne le crut pas et entra dans une colère rageuse. Il cria si fort que le pauvre directeur tomba victime d'un arrêt du cœur.

Houphouët-Boigny n'avait pas cru au tarissement de la source. Il avait pensé que le directeur voulait faire du zèle, qu'il essayait maladroitement de protéger le patrimoine de l'État ivoirien contre lui, le président, le père de la nation ivoirienne !

Le président comprit plus tard qu'il s'était trompé.

C'était l'annonce de la conjoncture difficile, l'avertissement que la pirogue était arrivée à la berge, le prélude à de nouveaux soleils (c'est comme ça qu'on dit une ère en dioula).

Après le directeur de la Caisse, s'était présenté le ministre des Finances. Il avait des difficultés pour assurer la paie des fonctionnaires de la nation. Pire encore, ce fut le tour du représentant du FMI qui demandait un rendez-vous. Puis ce fut le représentant de la Banque mondiale qui conseillait à Houphouët-Boigny de diminuer le train de vie de l'État ivoirien...

Il fallait changer de façon de vivre. Et chacun sait qu'il n'est pas facile de faire modifier au vieux gorille sa façon de s'accrocher aux branches. Au lieu de rénover ses habitudes, Houphouët-Boigny fulmina dans une de ces colères homériques dont lui seul avait le secret. Il sortit précipitamment de son bureau, fit venir son hélicoptère sur le parvis de la présidence, y embarqua et quitta Abidjan pour son village natal de Yamoussoukro. Là, toute la semaine, il se fit grognon dans les allées de ses incommensurables plantations. A la fin de la semaine, il se calma et, sur-le-champ, convoqua tout son monde à Yamoussoukro. Les ministres, les préfets, le comité central du parti unique, les secrétaires généraux préfectoraux du parti, les responsables des femmes et de la jeunesse et tous les journalistes d'Abidjan. Devant cet aréopage qu'il connaissait bien, il vitupéra l'injustice du système capitaliste, un système qui imposait au vendeur le prix de l'acheteur. Il refusa de se soumettre à ce diktat inacceptable. Pour embarrasser la communauté internationale, il déclara la Côte-d'Ivoire insolvable devant sa dette de quatre milliards et demi de dollars.

Cette déclaration effraya les petits investisseurs qui, de partout, étaient venus placer leurs économies en Côte-d'Ivoire, éblouis par le miracle ivoirien. Ils commencèrent à désinvestir et à chercher des cieux plus cléments.

Ce n'était donc pas la bonne méthode. Houphouët-Boigny fit donc revenir le même aréopage et cette fois déclara :

« Puisque la Côte-d'Ivoire est le premier pays producteur de cacao, je décide de bloquer l'exportation du cacao jusqu'à ce que la chute vertigineuse des cours se renverse. »

[...]

La mesure ne fut pas suivie à la lettre. La vente des produits de tous les paysans de la Côte-d'Ivoire fut suspendue... sauf, en catimini, celle du plus grand des grands planteurs. On sut que Houphouët-Boigny n'appliquait pas la mesure à ses propres productions. Et beaucoup de petits paysans ruinés par la mesure se débarrassèrent de leurs produits en les cédant à bas prix aux États voisins. La mesure n'eut donc aucun effet.

Houphouët-Boigny se battit pour sauver sa basilique de Yamoussoukro. Elle avait une mission importante. Elle devait arrêter l'expansion de l'islam, bloquer son avancée vers le Sud chrétien de la Côte-d'Ivoire. En raison de la priorité de cette mission, elle serait inaugurée, bénie par Jean-Paul II en personne. En raison de la primauté de cette mission, le président fit valoir que la cathédrale était financée sur la cagnotte de sa sœur et non par le budget ivoirien. Près de deux cents milliards de francs ! La pauvre sœur en question était ignare, n'avait jamais travaillé, n'avait jamais eu un franc à elle. Mais la discussion fut si chaude que le fonctionnaire du FMI s'inclina.

Les nuages de mauvais augure continuèrent à s'amonceler au-dessus de la tête du « vieux ».

C'est à cette époque que tomba la déclaration du président Mitterrand à La Baule : « L'aide de la France ira en priorité aux chefs d'État qui promouvront la démocratie dans leurs pays. » Cette déclaration incendiaire déclencha une révolte générale dans les anciennes colonies françaises appelées désormais le « pré carré ». La Côte-d'Ivoire n'échappa pas à la règle. Plusieurs manifestations d'étudiants paralysèrent la capitale. Acculé, Houphouët consentit au multipartisme. Cinquante-trois partis déposèrent leurs statuts et furent agréés, dont le parti de son opposant de toujours, Laurent Gbagbo.

Houphouët-Boigny avait plus de quatre-vingt-quatre ans. Il tomba malade et se fit évacuer en France.

Le FMI exigea qu'il change de gouvernement. Il prit comme Premier ministre un fonctionnaire du FMI, donc un homme qui connaissait le sérail, Alassane Ouattara. Alassane Ouattara était d'origine ivoirienne par son père et par sa mère, tous deux ivoiriens. Il était donc incontestablement, d'après la Constitution ivoirienne, de nationalité ivoirienne. Mais il avait fait ses études au Burkina, ses premiers pas de fonctionnaire au Burkina, ses premiers pas de fonctionnaire burkinabé, il avait donc bien eu la nationalité burkinabé. Des années plus tard, les Ivoiriens négligeront tous les problèmes politiques de la nation pour se consacrer à la question de savoir si Alassane Ouattara est oui ou non ivoirien...

Ouattara fut chargé par Houphouët-Boigny de dénicher coûte que coûte de l'argent, de faire surnager l'État ivoirien. Il s'aperçut qu'un domaine riche en perspectives n'avait jamais été exploité par la Côte-d'Ivoire : ses étrangers. Il institua la carte de séjour pour les étrangers. Tous les étrangers devaient avoir une carte de séjour, payer une carte de séjour comme dans maints pays du monde. Dans un État où plus de 20 % de la population est étrangère, cette taxation pourrait apporter au budget un soulagement certain. Mais, à cause de la corruption des policiers ivoiriens, la carte de séjour rapporta peu au budget. En revanche, en raison du nationalisme étroit de ces mêmes policiers, la traque des étrangers en situation irrégulière dans les rues d'Abidjan donna lieu à des scènes de chasse à l'homme dignes des films américains.

Moi, petit Birahima, j'ai compris un tas de choses, mais il y a beaucoup de choses que je vais reprendre avec mes dictionnaires pour bien piger au moment de passer le brevet et le bac.

J'ai compris que les coopérants touchaient des salaires de pachas (de gouverneurs ottomans). Quand ils sont partis, on les a remplacés par des nègres indigènes sauvages. Et aux pauvres nègres on a refilé des salaires de misère. Ils se sont plaints à Houphouët-Boigny et Houphouët-Boigny leur a dit de se servir à la source, de se débrouiller. Quand on est sur le manguier, avant de laisser tomber des fruits pour ceux qui sont au sol, on mange bien d'abord, on se gave. C'est cela qui a amené la corruption généra-

lisée partout en Côte-d'Ivoire. Et cela continue en
Côte-d'Ivoire. Houphouët-Boigny était un corrompu
(personne qui se vend), un corrupteur (personne qui
soudoie, achète quelqu'un d'autre) et un dilapidateur (dépensier et gaspilleur). Tout l'argent du pays,
il l'a pris pour lui-même, ses parents, les membres
de sa tribu, sa concession, son village, son canton.
Pour ses amis et ses flatteurs. Un jour, l'argent est
fini. Il a crié si fort sur celui qui l'a annoncé que le
pauvre est tombé raide mort. Il a dit que c'est l'argent de poche de sa sœur qui a financé la basilique
de Yamoussoukro. Le FMI l'a tellement emmerdé
(cassé les pieds) qu'il est tombé malade et a laissé le
pouvoir à Ouattara Alassane qui a fait payer les
étrangers. Faforo (cul de mon père) !

Nous étions arrivés à Zenoula. Un des imams
de la ville était un ancien ami du père de Fanta. Il
s'appelait Saliou Doumbia. Nous avons tout de suite
cherché sa concession. Il était bien connu. Dès que
nous l'avons vu et que Fanta s'est présentée, il nous
a fait faire debout une prière commune pour le
repos du défunt. Les hôtes de Doumbia accom-
plissaient toutes leurs obligations religieuses à la
mosquée. Le soir, au coucher du soleil, après le
repas et au premier chant du coq le matin, nous
nous sommes rendus à la mosquée pour une prière

commune. Après chaque prière, il prononçait un sermon. Chaque fois, il nous présentait aux autres prieurs. Nous étions les rescapés des massacres des musulmans croyants de Daloa. Puis il faisait des commentaires sur la guerre tribale en Côte-d'Ivoire :

« La guerre a généré les escadrons de la mort et les escadrons de la mort sont des tueurs d'imams, de chefs religieux musulmans. Les chefs des escadrons de la mort, d'après les enquêteurs de l'ONU, sont le président Gbagbo et sa femme. Quand Allah dans sa grandeur t'a chargé d'être le chef des tueurs d'imams, il t'a confié une tâche redoutable. Tout le monde doit prier pour toi. Car ce qui t'attend ici-bas et plus tard au ciel est innommable. Prions Allah pour les victimes des escadrons de la mort. »

Le matin, au moment de quitter la ville de Zenoula, Doumbia a tenu à nous accompagner. Il a marché avec nous sur près d'un kilomètre. Brusquement, il s'est arrêté et a dit le proverbe :

« Aucun accompagnement ne protège le voyageur à pied contre la solitude de la longue route. Je m'arrête là et ensemble debout nous allons réciter des prières pour le repos de l'âme du père de Fanta. »

Après la prière, nous nous sommes séparés.

Nous avons continué pied la route et Fanta a repris son enseignement sur l'histoire de la Côte-d'Ivoire.

Houphouët-Boigny malade est évacué en France. Ouattara a la totalité du pouvoir. La totalité du pouvoir dans une Côte-d'Ivoire pourrie jusqu'aux moelles épinières. Peut-être est-ce là, au cours de cet interrègne, dans un pays où on ne regarde pas dans la bouche de celui qui est chargé de décortiquer l'arachide, qu'Alassane Ouattara aurait accumulé cette fortune immense dont tout le monde voudrait connaître l'origine.

Au cours de l'interrègne, Alassane Ouattara se bat, se défend bec et ongles pour succéder à Houphouët-Boigny, appelé respectueusement le « vieux ». Le « vieux » laisse entendre dans ses déclarations ambiguës qu'il est prêt à accepter des modifications dans les dispositions constitutionnelles. Dans les dispositions constitutionnelles en vigueur, c'est Bédié, président de l'Assemblée nationale, successeur prévu depuis trente ans, qui doit recueillir la manne. C'est en effet Bédié qui régnera pendant les deux années non courues du mandat inachevé du « vieux », avant d'organiser des élections présidentielles. Alassane voudrait faire changer ces dispositions. Il s'introduit dans la famille du « vieux », se fait membre de la famille. Et surtout, il remet à la signature de Houphouët-Boigny malade plusieurs projets de réformes constitutionnelles. Le « vieux » fait le sourd, l'aveugle. Il n'a rien vu, rien entendu, rien compris. Il ne signe rien. Il est malade mais pas fou jusqu'à laisser la Côte-d'Ivoire chrétienne aux mains d'un Dioula musulman et inconnu du Nord. Un musulman qui pourrait se faire facilement prévaloir comme l'homme du « renouveau » en révélant les innombrables scandales financiers survenus au cours du long règne de trente et quelques années du « vieux ». Le« vieux » a besoin pour lui succéder d'un corrompu, d'un homme plus corrompu que lui. Bédié, qui est de son ethnie (on va jusqu'à prétendre qu'il est son fils naturel), correspond bien à cette exigence. Le « vieux » l'a démis de sa fonction de ministre des Finances et du Budget pour corruption active. C'est un homme qui, lorsqu'on le charge de décortiquer l'arachide, ne se contente pas de remplir sa bouche ; il en met aussi dans toutes ses grandes poches.

Le 7 décembre, Houphouët-Boigny meurt. Alassane Ouattara, le Premier ministre, se met à tergiverser, à chercher si le « vieux », mort cliniquement, l'est bien aussi juridiquement. Bédié, à juste raison, estime que le juridisme pointilleux de Ouattara couvre un coup d'État constitutionnel. Il se fait accompagner par des gendarmes armés, se présente à la télévision et se proclame deuxième président de la Côte-d'Ivoire. Il est suivi par l'armée, par beaucoup de partis ivoiriens et par la communauté internationale.

Constitutionnellement, c'est lui qui doit succéder au président défunt.

Il ne reste à Ouattara qu'à rejoindre le FMI à New York.

Moi, j'ai compris que Ouattara s'est fait passer pour un Baoulé comme Houphouët-Boigny. Mais ça n'a pas marché parce que Ouattara est un Dioula du Nord et non un catholique. Quand le « vieux » est mort, il a préparé un coup d'État sous prétexte que le « vieux » n'était pas encore mort juridiquement. Bédié a été plus malin, il s'est proclamé président et Ouattara est allé vendre ses arachides au FMI à New York. Gnamokodé (putain de la mère) !

A la sortie d'un village, un jeune homme nous a barré la route. Il voulait nous fouiller pour savoir si nous n'emmenions pas chez nous au Nord l'argent du Sud de la Côte-d'Ivoire. Nos compagnons burkinabés et Fanta ont voulu discuter avec l'énergumène qui brandissait un coupe-coupe. Mais, brusquement, sont sortis de la forêt une quinzaine de jeunes comme lui, tous armés de coupe-coupe. Ils nous encerclèrent en hurlant « Dioulas voleurs ! » et en balançant leurs armes.

Moi, petit Birahima, je n'ai rien dit. Je me suis courbé, j'ai tourné deux fois et, tout à coup, j'ai sorti le kalach et j'ai tiré en l'air. Les jeunes gens ont hurlé, beaucoup sont tombés dans les fossés avant de disparaître dans la forêt.

Nous avons éclaté de rire et nous avons continué notre pied la route. Fanta a continué à enseigner l'histoire de la Côte-d'Ivoire.

Voilà Bédié maître de la Côte-d'Ivoire. Quand on est président et qu'on prépare les élections, se faire élire est un jeu d'enfant. Bédié succéda par les urnes à Houphouët-Boigny comme deuxième président élu.

Une fois élu, il annonça des travaux pharaoniques sans préciser les sources de financement. En réalité, tout lui était acquis, tout était naturel pour Bédié. Depuis trente ans, on l'avait préparé à succéder et il succédait. Comme si la Côte-d'Ivoire était un royaume millénaire, une seule tribu, sa tribu de Baoulés. Bédié oubliait que le pays était une mosaïque hétéroclite de races et de tribus dont l'unité restait à faire. Les peuples se trouvaient assemblés dans les limites imposées par la colonisation et maintenues sous les férules de la guerre froide. Il fallait des réformes, des réformes en profondeur, il fallait se débarrasser des méthodes avec lesquelles on avait dirigé la Côte-d'Ivoire pendant les trente premières années de son indépendance, de son existence juridique comme

État indépendant. Malheureusement, comme le dit un proverbe hutu du Burundi, « le lignage qui va s'éteindre se chauffe au feu pendant que le soleil brille »...

Il fallait d'abord se débarrasser de la corruption, faire en sorte que les expressions comme « fais-moi, fais ; mouille ma barbe ; ne regarde pas dans la bouche de celui qui est chargé de fumer l'agouti... » n'aient plus cours. Ce qui arriva fut pire encore. On vit le financement allemand des œuvres sociales disparaître dans les arcanes de l'administration ivoirienne. Il ne parvint jamais à ceux à qui il était destiné.

Il fallait arrêter la gabegie. Ce qui arriva fut pire encore. On vit le président financer des galeries souterraines dans sa résidence de M'Bayakoro.

Pendant que Konan Bédié vivait comme au beau temps de Houphouët-Boigny, la situation sociale se dégradait. Les effets pervers des échanges inégaux entre le tiers-monde et l'Occident s'aggravèrent. En Côte-d'Ivoire, l'argent manquait de plus en plus. Le chômage devenait endémique. Les Ivoiriens diplômés encombraient les rues et manifestaient.

Bédié pensa au retour à la terre. Mais la terre était occupée par ceux qui la travaillaient, comme l'avait voulu Houphouët-Boigny. Voilà l'Ivoirien sans emploi et sans terre dans son propre pays. Pour faire face à cette situation catastrophique, Bédié fit sienne l'idéologie de « l'ivoirité ». L'ivoirité est le nationalisme étroit, raciste et xénophobe qui naît dans tous les pays de grande immigration soumis au chômage. Partout, c'est une idéologie prêchée par des intellectuels marginaux et qui est adoptée par une couche marginale de la population. En Côte-d'Ivoire, l'idéologie de l'ivoirité devient la doctrine de l'État.

A défaut d'une réflexion profonde, Bédié se trouve à l'aise dans l'ivoirité. Il croit que ça fait moderne, un jeune chef d'État comme lui, guidé par une doctrine. C'est nouveau en Afrique noire ! L'ivoirité permet de trouver de la terre aux Ivoiriens en spoliant les étrangers venus sous Houphouët-Boigny. L'ivoirité permet surtout d'éloigner définitivement son adversaire politique, Alassane Ouattara, en le taxant de Burkinabé.

Mais l'ivoirité eut des conséquences qui menèrent à l'abîme.

On ne peut prêcher l'ivoirité sans faire la chasse aux nombreux, aux très nombreux étrangers possédant de « fausses et vraies » cartes d'identité. Ce sont les nombreux, les très nombreux étrangers qui, au lieu de chercher à acquérir la nationalité par la voie juridique, ont préféré soudoyer avec des sommes dérisoires l'administration pourrie ivoirienne pour s'établir des « fausses et vraies » cartes d'identité.

C'était une pratique en usage depuis trente ans, admise comme un délit mineur. Parce que l'étranger qui vivait cinq ans d'affilée sur le territoire obtenait cette carte d'identité.

On ne peut prêcher l'ivoirité sans récupérer les nombreuses cartes d'identité que Houphouët-Boigny a fait distribuer tous les cinq ans aux nombreux étrangers à l'occasion de l'élection présidentielle. Le « vieux » avait une conception large et généreuse de la nationalité ivoirienne. Devenait automatiquement ivoirien tout étranger de l'Afrique noire ayant effectué un séjour de cinq ans en Côte-d'Ivoire. L'étranger recevait une carte d'identité et participait aux élections quinquennales présidentielles, législatives et régionales.

L'ivoirité imposait d'arracher les « fausses et vraies » cartes d'identité et de poursuivre les fonctionnaires qui les établissaient. L'ivoirité imposait de récupérer les cartes d'identité acquises pour les élections quinquennales. Mais comment les arracher, comment les récupérer alors que les porteurs de ces cartes d'identité avaient les mêmes noms et prénoms que les vrais Ivoiriens musulmans du Nord ? C'est le problème qui se posa à l'administration ivoirienne. On procéda en discriminant ces vrais Ivoiriens du Nord. Cette discrimination devint si sévère qu'il apparut pratiquement impossible à un ressortissant du Nord d'établir des actes d'état civil par les administrations. Beaucoup d'Ivoiriens du Nord devinrent des « sans-papiers » dans leur propre pays. Cette discrimination s'étendit aux examens officiels, aux emplois dans l'administration, à toute possibilité de promotion dans la société ivoirienne. Les Ivoiriens du Nord devinrent de vrais parias. La tension monta tellement que les ambassadeurs de France, des États-Unis et d'autres diplomates informés de la situation demandèrent un rendez-vous à Bédié et lui conseillèrent d'adoucir sa position sur les étrangers. Il accepta, mais, au moment de prononcer son discours, la haine d'Alassane Ouattara fut la plus forte, elle l'aveugla. Il martela ses positions xénophobes. Le sort de Bédié était scellé ; il était à la merci du moindre incident.

Justement, quelques jours plus tard, des soldats ayant effectué une mission pour l'ONU manifestaient sans armes dans les rues d'Abidjan. Ils avaient des droits qui avaient été payés par l'ONU, mais les sommes avaient disparu dans les arcanes de l'administration ivoirienne. Les soldats furent bloqués et maltraités par les gendarmes en armes. Les soldats en colère se dirigèrent vers l'arsenal gardé par leurs collègues, qui leur ouvrirent les portes. L'arsenal fut pillé, dévalisé. Les soldats rebelles se trouvèrent armés dans les rues.

Des sous-officiers du Nord, le sergent-chef Ibrahima Coulibaly en tête, prolongèrent l'opération. Ils saisirent l'occasion pour monter un vrai complot. Un complot visant à arracher un peu de justice pour eux-mêmes et leurs frères et sœurs du Nord. Ce fut une conspiration bon enfant.

A chaque détour de rue, les soldats en armes s'arrêtaient, tiraient en l'air des rafales. La foule en liesse les suivait, les entourait en applaudissant. Les Ivoiriens appauvris et affamés commencèrent par piller d'abord les magasins d'alimentation, puis les magasins d'habillement, puis toutes sortes de magasins. Bédié, abandonné par ses gardes du corps, courut se réfugier à l'ambassade de France. L'ambassade l'envoya au 43e RIMA du camp militaire de Port-Bouët d'où, sous bonne garde, il put gagner l'aéroport. Puis ce fut Lomé d'où il embarqua pour la France.

Nous avons trop marché. Nous nous sommes arrêtés pour nous reposer et prier. La prière était conduite par le chef de famille burkinabé.

Après la prière, j'ai pensé au blablabla de Fanta. A la fin, je n'entendais plus ce qu'elle disait. Je regardais sa bouche, son nez, ses chaussures, sa tête, son mouchoir noué autour de sa tête. D'abord j'étais dingue d'elle (complètement fou). Et puis je me demandais comment tout ce qu'elle racontait pouvait être compris dans une tête sans tout y casser.

J'ai retenu que Bédié ne valait rien, même pas le vent qui ramasse la calebasse ébréchée. Rien du tout. Les gens n'avaient pas d'emplois. Il a dit aux jeunes de retourner à la terre. Mais la terre était occupée depuis le temps de Houphouët-Boigny par ceux qui la travaillaient. Il leur a dit de se convertir dans l'ivoirité. Avec l'ivoirité, on peut chasser les gens de leur plantation, de leur maison, et tout leur prendre. Avec l'ivoirité, on peut prendre toutes les cartes d'identité de tous les Dioulas. Avec l'ivoirité, des Dioulas comme nous se sont trouvés sans emploi, sans rien du tout. Les sous-officiers dioulas ont vu ça et ils se sont révoltés. Avec les kalach dans les rues, ça fait beaucoup de tralala et toute la foule applaudissait. Les Ivoiriens, pour une fois malins, se sont servis tranquillement dans les magasins. Les propriétaires avaient foutu le camp. Bédié en a profité pour foutre le camp lui aussi à l'ambassade de France. Puis à Lomé et en France. Faforo (cul de mon père) !

Nous avons commencé pied la route et Fanta a repris son histoire de la Côte-d'Ivoire. Moi, j'ai écouté tout comme j'aimais écouter les contes de ma grand-mère.

Pendant que les soldats faisaient la fantasia dans les rues, les chefs de la rébellion se réunirent. Les sous-officiers dioulas virent tout de suite qu'aucun d'entre eux ne pouvait faire un chef d'État intérimaire crédible. Les autres militaires de l'armée ivoirienne réagiraient. Vraisemblablement, ils demandèrent alors au général Palenfo et au général Coulibaly, deux généraux du Nord, de prendre le pouvoir. Vraisemblablement, ces généraux estimèrent qu'avec l'un deux à la tête de l'État, les médias auraient beau jeu de dénoncer un complot des militaires du Nord. Ces deux généraux conseillèrent donc aux rebelles de s'adresser au général Gueï, ancien chef d'état-major en retraite dans son village de Guessesso. C'était l'homme qu'il leur fallait : deux fois déjà dans sa carrière, il avait tenté des coups d'État.

Il serait instructif de se pencher sur cette carrière. Gueï était un des rares saint-cyriens de l'armée ivoirienne. Houphouët-Boigny, le « vieux », était en mal d'officiers responsables pour l'état-major des forces ivoiriennes. Il avait demandé au ministre des Armées de lui fournir une liste des officiers susceptibles d'assumer cette responsabilité. Le ministre lui présenta une première liste. Le « vieux » lui retourna la liste, la jugeant incomplète. Le ministre revint avec une deuxième liste qui ne donna pas davantage satisfaction. Quand il revint avec une troisième liste et qu'il vit le « vieux » la tourner et la retourner entre ses mains, le ministre eut le courage de lui demander :

« A qui pensez-vous, Monsieur le Président ? »

Le « vieux » répondit par une question :

« N'y aurait-il pas dans l'armée ivoirienne, quelque part, un saint-cyrien d'ethnie yacouba ?

— Oui, Monsieur le Président... Mais vous ne pouvez pas songer au capitaine Gueï pour un poste de responsabilité de cette valeur ! Il est très peu sérieux et surtout il aime beaucoup l'argent et les femmes. C'est l'officier le plus corrompu parmi ceux de son rang.

— Monsieur le ministre, je vais peut-être vous étonner. Mais l'expérience montre que les gens trop propres ont des difficultés à réussir à un certain niveau de responsabilité. Ce capitaine est l'homme qu'il me faut. »

Et c'est donc à ce gradé, le plus corrompu parmi les officiers de son rang, que les sous-officiers nordistes furent obligés de confier le sort de leur révolution. Certes, ils prirent quelques précautions. Mais l'expérience et l'histoire prouveront qu'elles n'étaient pas suffisantes. En effet, ils avaient fait encadrer le peu sérieux et imprévisible Gueï par les généraux nordistes Palenfo et Coulibaly. Le chef d'État, Gueï, était chargé d'une unique et seule mission : organiser des élections démocratiques auxquelles lui-même n'aurait pas le droit de se présenter.

On voulait faire de Gueï un autre Toumani Touré, communément appelé TT, l'actuel président du Mali. Gueï devrait attendre que l'éventuel président élu après la Constitution élaborée sous son autorité ait effectué ses deux mandats, avant de briguer pour lui-même un mandat. Mais le Malinké TT était un sage d'une autre école que le bouillant Yacouba Gueï, un audacieux qui avait déjà tenté des coups d'État. Il faut dire pour sa défense que Gueï n'eut pas de chance : il fut mystifié par son mauvais ange, Balla Keita.

Avant de tomber sous les flagorneries de Balla Keita, bien encadré comme il l'était par les deux généraux du Nord, il comptait s'en tenir à son mandat. Il fit plusieurs déplacements dans les provinces de Côte-d'Ivoire pour le répéter et partout il fut ovationné comme le vrai héros qui avait tiré par la queue le caïman meurtrier de la rivière. Dès que Balla Keita réussit à s'introduire dans son entourage et que Gueï se mit à l'écouter, celui-ci changea du tout au tout. Il voulait désormais le pouvoir, tout de suite et à tout prix.

Qui donc était Balla Keita ? Balla était un homme politique qui avait réussi une brillante carrière

par la flatterie des puissants du jour. Le « vieux »,
Houphouët-Boigny, était un chef de l'ancienne école
africaine. Il aimait la flatterie et, par conséquent,
il aima Balla. Et Balla ne fut jamais à court de sur-
prenantes initiatives, dans le registre de l'avilisse-
ment, pour mignoter le suprême puissant qu'était
Houphouët-Boigny. En 1993, vaincu par la maladie
et l'âge, le « vieux » avait été évacué sur Paris et
obligé d'abandonner l'essentiel de son pouvoir à
Alassane Ouattara. Alassane Ouattara n'avait pas
voulu d'un flatteur comme Balla dans son cabinet.
Le « vieux » avait tenu à prouver son attachement à
l'intrigant : il l'avait emporté avec ses valises à Paris.
Une fois le « vieux » mort, Bédié, qui ne l'aimait pas
non plus, ne confia aucun poste important à Balla.
Il le limogea définitivement quand, imprudemment,
Balla fit une déclaration démagogique en faveur des
chasseurs traditionnels, bêtes noires du régime de
l'ivoirité de l'époque.

De sorte que le manipulateur Balla se trouvait en
chômage technique quand vint l'heure de Gueï. Pres-
tement, il sauta le pas et réussit à se trouver, parmi
les intimes de Gueï, le conseiller le plus proche et le
plus écouté.

Il arriva à convaincre (sans grand effort, paraît-il)
l'ancien général putschiste de ne pas s'en tenir à son
mandat. Le pouvoir suprême lui tendait les mains et

ce serait une erreur historique que de ne pas le saisir. Gueï changea de langage du tout au tout. Il répéta les slogans les plus éculés de l'ivoirité. Les sous-officiers nordistes qui l'avaient mis au pouvoir comprirent leur erreur. Ils tentèrent alors, croyant qu'il était encore temps, un nouveau putsch meurtrier et suicidaire contre Gueï. On l'appela « le complot du cheval blanc » parce que le cheval blanc que Gueï, traditionaliste et féticheur, soignait et entretenait chez lui, sous la recommandation de ses marabouts et devins divers, fut tué au cours de l'assaut. Heureusement pour lui et malheureusement pour la Côte-d'Ivoire, Gueï échappa de peu à l'assassinat. Il ne dormait jamais dans sa résidence.

Ce coup d'État manqué libéra l'ancien chef d'état-major de ses derniers scrupules. Il fit mettre sous les verrous les deux généraux nordistes qui l'enca-draient, lança une active opération de recherche contre les sous-officiers nordistes dont un grand nombre se réfugièrent au Burkina. Certains de ces sous-officiers reviendront à l'assaut de la Côte-d'Ivoire et seront à la base du drame du 19 septembre.

Le général Gueï et son mauvais ange gardien Balla ne tinrent pas compte de l'avertissement que constituait le coup d'État manqué. Ils estimèrent au contraire que le coup d'État les avait affranchis des généraux et des sous-officiers putschistes qui les avaient mis au pouvoir. Sans le moindre état d'âme, le général Gueï se lança dans une opération suicidaire de conquête du pouvoir à tout prix. On verra plus tard qu'il se dépêchait vers son destin. (« Où un homme doit mourir, dit un proverbe angolais, il se rend très tôt, toutes affaires cessantes, dès le matin. ») Il fit voter la Constitution qui lui seyait. Il écarta systématiquement tous les candidats qui pouvaient constituer l'ombre d'un succès éventuel contre lui à l'élection présidentielle. D'abord Ouattara, du Rassemblement, bête noire de Bédié, mais aussi tous les candidats du vieux Parti démocratique de Houphouët-Boigny. Il ne maintint que Gbagbo parce que le socialiste était soutenu par un parti populaire qui aurait créé des troubles graves en cas d'invalidation de son leader. Cependant, à l'endroit de Gbagbo, il prit de sérieuses précautions. Dans tous les cas, Gueï ferait de Gbagbo son Premier ministre. En revanche, Gbagbo ne devrait pas faire beaucoup de propagande et, dans le cas très peu probable où il serait élu, il s'effacerait et laisserait le pouvoir à Gueï...

Le soleil était arrivé au point de la troisième prière. Nous nous sommes arrêtés.

Moi, petit Birahima, j'ai beaucoup rigolé pendant que Fanta racontait. Je n'ai pas tout compris. Ça fait rien. Au moment de passer mon brevet et mon bac, je ressortirai tout ça. C'est marrant. Il n'y avait personne pour prendre le pouvoir, alors on est allé chercher un général corrompu et pas sérieux comme Gueï. Gueï a voulu faire l'ivoirité et on lui a tendu un complot. De justesse, il a échappé à un affreux assassinat. C'est son cheval blanc qui a trinqué (il a crevé). Il a éliminé tout le monde de la candidature à la présidence, sauf Gbagbo. Il a combiné avec Gbagbo. Et il a appelé au clairon le bon peuple de Côte-d'Ivoire. Gnamokodé (putain de ma mère)!

Nous avons levé le camp et à nouveau pied la route. Fanta a repris ses histoires marrantes.

L'élection de Gbagbo à la présidence de la République en octobre 2000 fut de loin la plus calamiteuse des élections qu'eût connues la Côte-d'Ivoire dans sa brève vie démocratique.

D'abord il y eut de nombreux morts par balles et un charnier de Yopougon à la clé. Le pourcentage des votants, officiellement de 35 %, n'aurait été que de 14 % des électeurs inscrits selon le décompte des observateurs neutres. L'élection fut entachée de beaucoup d'irrégularités, dont des fraudes massives.

Et Gbagbo, faute de candidats au long du processus, se proclama lui-même président et prit en main le destin du pays avant d'être officiellement élu.

Le processus électoral s'était étendu sur cinq jours, du 22 au 26 octobre 2000. Le 22 octobre au matin, très peu d'électeurs s'étaient déplacés pour accomplir leur devoir civique. Gueï était confiant, il était sûr de gagner. Il avait la certitude du bébé de la vendeuse de lait qui, dans son berceau, est assuré d'être nourri quoi qu'il arrive.

En fin d'après-midi, il reçoit un appel téléphonique de Lakota qui change tout. Il est saisi par le doute après cet appel. On lui a appris que la gendarmerie avait intercepté des cars remplis d'électeurs qui, après avoir voté à Abidjan, remontaient vers Divo et Lakota où ils comptaient encore voter pour Gbagbo, leur leader. Gueï s'estime trahi par Gbagbo. Voilà Gbagbo qui triche alors qu'il avait promis de ne rien entreprendre de sérieux pour se faire élire président, dès lors qu'il était assuré d'obtenir le poste de Premier ministre. Gueï se met à réfléchir. Il s'en veut d'avoir cru Gbagbo. Il a cru au facile renoncement au pouvoir d'un homme qui avait passé cinquante années de sa vie en exil ou en prison pour avoir le pouvoir. Avec quelle naïveté lui, Gueï, avait-il pu le croire ? Il l'avait cru au point de ne pas juger utile d'envoyer des représentants dans tous les bureaux de vote. Il est en colère contre lui-même et contre le menteur Gbagbo. Il veut rattraper le temps perdu, reprendre les choses en main. Il réagit avec la brutalité sans nuances qui le caractérise. Il dissout la commission indépendante chargée de la surveillance des élections qu'il accuse d'avoir fermé les yeux sur les truquages de Gbagbo à Lakota, Divo et Bingerville. Il fait constater les truquages avérés par exploit d'huissier. Il fait siéger la Cour suprême à laquelle est présenté l'exploit. La Cour suprême décrète l'arrêt du processus électoral. Elle estime que, en raison des fraudes avérées, Gbagbo est exclu du processus électoral en cours. En conséquence, c'est Gueï qui a gagné pour être, parmi les candidats retenus, celui qui a le plus fort pourcentage de votants. Gueï se proclame élu et la Cour suprême confirme. Gueï est le premier président de la deuxième République de Côte-d'Ivoire.

Dès l'annonce de la proclamation et désignation de Gueï comme président de la République, toute la Côte-d'Ivoire se lève comme un seul homme. Les électeurs envahissent les rues. Tous les électeurs, de toutes les nombreuses ethnies du pays. Baoulés, Gouros, Dioulas, Bétés… Oui, de toutes les ethnies. Les forces de l'ordre fidèles à Gueï tirent sur la foule. On relève de nombreux morts. La foule électrisée, en délire, recherche le général. Veut le général. Veut la peau du général. Le général Gueï s'enfuit, se réfugie dans son village de Guessesso. La nouvelle est annoncée dans les rues à la foule qui applaudit.

Ses amis socialistes français, venus de France pour assister aux élections, avaient placé Gbagbo sous la protection de l'armée française à l'ambassade de France pendant les heures où les fidèles de Gueï tiraient sur les manifestants. Après la fuite de Gueï, le pays n'est plus dirigé. Gbagbo se proclame président, s'empare du pouvoir à partir de l'ambassade de France. Il se proclame président, entouré par ses amis socialistes venus de France et sous la garde de l'armée française. Il décide de reconstituer une commission de surveillance du processus électoral. Cette commission se met à recompter les bulletins. Il fait siéger la Cour suprême...

Dès l'annonce de la fuite de Gueï, les électeurs se sont divisés en deux groupes dans les rues. Ceux qui reconnaissent Gbagbo et ceux qui souhaitent de nouvelles élections auxquelles pourraient se présenter tous les candidats invalidés par le général-dictateur Gueï.

Nous sommes le jeudi 26 octobre. Les partisans de nouvelles élections envahissent les rues. Ce sont des Dioulas, en très grande majorité des Dioulas partisans de Ouattara. Des boubous blancs. Ils sont de plus en plus nombreux. Ils risquent de l'emporter, d'imposer de nouvelles élections. Les partisans de Gbagbo, surtout des éléments des forces de l'ordre, mesurent le danger. Ils sont sûrs de gagner dans les urnes et ils commencent à perdre sur le terrain de la rue. Ils prennent peur. Les rues des banlieues sont blanches de boubous. Les boubous blancs commencent à envahir les rues du Plateau. Les forces de l'ordre acculées tirent dans la foule, dans les boubous blancs. On relève des morts. La foule se disperse. Les forces de l'ordre poursuivent les boubous blancs un à un jusque dans les concessions. Ceux qui sont attrapés sont conduits sous bonne garde dans les commissariats. Ce sont leurs corps que des camions vont décharger sur les dépotoirs de Yopougon. Ce sont eux qui constitueront le charnier de Yopougon.

La foule n'est plus dans la rue. Elle est maîtrisée, le couvre-feu est appliqué.

La nouvelle commission électorale, qui a fait un nouveau décompte, annonce de nouveaux résultats. Gbagbo l'emporte cette fois-ci nettement avec 59 % de votants, le nombre de votants représentant officiellement 35 % des inscrits. Mais les observateurs les plus sérieux estiment ce nombre à 14 %.

Pendant ce temps, les amis socialistes français de Gbagbo se démènent. Ils assiègent les représentations diplomatiques. Surtout les ambassades de

France et des USA. La reconnaissance de ces deux pays entraîne de facto celle des autres. Ils y parviennent enfin. Gbagbo est le président élu, le président reconnu par la communauté internationale.

Le soleil commençait à décliner. Nous étions à quelques kilomètres de Kossou.

J'ai beaucoup compris et j'ai tout enregistré. L'élection de Gbagbo a été un bordel au carré. Un bordel de bordel. Gueï était d'accord avec Gbagbo qui allait être son Premier ministre. Le général était sûr de gagner parce qu'il avait invalidé tous les bons candidats. Et Gbagbo ne devait pas beaucoup suer pendant la campagne électorale. Gbagbo a secrètement dit oui au général. Mais quand Gbagbo a commencé à tricher, Gueï a compris que le socialiste n'était pas un homme de parole. Il s'est fâché. Il est allé voir un huissier qui a constaté les escroqueries. Il a dissous la commission indépendante. S'est proclamé président et a fait confirmer sa proclamation par la Cour suprême. Alors là, tous les électeurs sont descendus dans la rue pour lyncher le général. Le général s'est échappé, il s'est enfui dans son village. Quand Gueï a disparu, Gbagbo à son tour s'est proclamé président. Mais Gbagbo a été plus astucieux (malin) qu'un vieux gorille. Il s'est proclamé prési-

123

dent entouré de ses amis socialistes à l'ambassade
de France, sous la garde des militaires français. Les
Dioulas sont descendus dans la rue, mais ils n'ont
pas pu prendre l'ambassade de France. Gbagbo, qui
était sous bonne garde, a commandé aux gendarmes
de défendre l'ordre à tout prix. Alors les gendarmes
ont massacré les Dioulas et les ont jetés aux dépotoirs de Yopougon et on a appelé cela le charnier de
Yopougon. Faforo (cul de mon papa)!

Nous sommes arrivés à Kossou à l'heure de la qua-
trième prière. Fanta nous a conduits directement à
la mosquée. Nous avons prié avec les autres fidèles.
Après la prière, Fanta s'est présentée à l'imam qui
connaissait son père et qui nous a hébergés pour la
nuit.

Le lendemain matin, nous avons pris pied la route
et Fanta a recommencé à enseigner l'histoire de la
Côte-d'Ivoire. Moi, j'enregistrais tout pour mon certificat, mon brevet et mon bac.

Une fois au palais, Gbagbo eut conscience que
son élection n'avait été ni facile ni régulière. Avec
beaucoup de courage, il entreprit de calmer le jeu. Il
entreprit de réconcilier les Ivoiriens.

D'abord, il fit juger les responsables du charnier
de Yopougon. Rien ne sortit du procès. Tout le

monde fut relâché. Les victimes, faute de protection, avaient eu peur de se présenter à la barre.

Ensuite, il organisa un forum de réconciliation.
Un vrai forum de réconciliation, au cours de plusieurs jours de débats publics. Chaque parti put
exposer ce qu'il pensait de la Côte-d'Ivoire meurtrie.
Le forum, sous la présidence de Seydou Diarra,
aboutit à des conclusions courageuses. Réconciliation des quatre principaux leaders ivoiriens : le président Gbagbo, Ouattara, Bédié et Gueï tinrent une
petite conférence à Yamoussoukro. Un gouvernement d'union nationale auquel participaient tous les
partis importants du pays fut constitué.

Courageusement, le président s'attela à appliquer
ces décisions. La rencontre des principaux leaders
avait eu lieu. Le gouvernement avait été constitué.
Il se mit au travail. Le calme commençait à revenir...

Mais beaucoup de questions n'avaient pas reçu de
réponses. La discrimination ethnique à l'égard des
originaires du Nord continuait. De nombreux militaires, des militaires du Nord en fuite après les
divers complots, restaient réfugiés, surtout au Burkina. Les responsables du charnier de Yopougon
n'avaient pas été châtiés comme ils le méritaient.

Pourtant, après le coup d'État et l'élection rocam-
bolesque, un semblant de calme commençait à

125

s'établir. C'est dans ce semblant de calme que fut annoncé l'assassinat de Balla Keita à Ouagadougou au Burkina. Cet assassinat, vraisemblablement perpétré par les services secrets ivoiriens, allait être le signal du complot du 19 septembre.

Balla Keita avait échappé de justesse au lynchage au cours du processus électoral qui s'était achevé par l'élection de Gbagbo à la présidence. Il avait été hospitalisé à la clinique Sainte-Marie à Abidjan. Dès sa sortie de clinique, il avait embarqué pour la Suisse où il avait terminé sa convalescence. De Suisse, au lieu de rentrer en Côte-d'Ivoire, il s'était exilé à Ouagadougou au Burkina. En son absence de Côte-d'Ivoire, le général Gueï avait reconstitué son parti, l'UDR. Gueï s'était fait nommer secrétaire général et avait fait désigner Balla Keita comme son adjoint. Que manigançait Balla Keita à Ouagadougou ? Qu'avait su le pouvoir d'Abidjan, jusqu'à lancer des tueurs à ses trousses ?

L'assassinat de Balla Keita par les services secrets fut confirmé par la famille lors de l'enterrement de l'homme politique. Cette famille fit retourner à l'envoyeur la participation aux frais de funérailles généreusement adressée par la présidence. Ce retour du chèque à l'envoyeur révéla que le paiement avait été effectué par un chèque signé de Mme Gbagbo sur le compte des Aides aux sidéens de la Côte-d'Ivoire. De toute sa vie, Balla ne s'était jamais pré-occupé ni de loin ni de près du sida et des sidéens…

Quelles qu'aient pu être les raisons de l'assassinat de Balla Keita, celui-ci fut le prélude aux événements du 19 septembre.

Une semaine après l'assassinat, Gbagbo entre-prenait une visite d'État en Italie. Dans la nuit du 19 au 20 septembre 2002, des commandos lourde-ment armés attaquèrent Abidjan. Les objectifs des commandos étaient l'état-major de la gendarmerie d'Agban, l'école de police, la gendarmerie de Yopou-gon et la résidence du ministre de l'Intérieur Boga Doudou. Boga Doudou était un ami personnel de Gbagbo auquel le président confiait tous les pou-voirs quand il se déplaçait à l'extérieur. Sa résidence fut saccagée. Le ministre, sa femme et tous ceux qui vivaient dans les villas furent sauvagement mas-sacrés.

Qui étaient les assaillants ? Les sous-officiers, offi-ciers et hommes de troupe du Nord qui avaient été à la base de tous les complots qui étaient intervenus en Côte-d'Ivoire depuis Noël 1999. Ces militaires, après l'échec de chaque conspiration, se réfugiaient au Burkina ou au Mali. Au Mali et au Burkina, ils continuèrent à comploter. Balla Keita était proba-blement un des coordinateurs de la conjuration. Ce serait là la raison de son assassinat par les services secrets ivoiriens. Ces services secrets s'attendaient donc à une attaque imminente des partisans du défunt Balla. Pourquoi, dans cette situation incertaine, Gbagbo entreprit-il son voyage en Italie ?

Des observateurs expliquent qu'il y aurait eu, en fait, plus d'un complot dans la nuit du 19 septembre 2002 en Côte-d'Ivoire. Un complot auquel se serait attendu le président Gbagbo, voire qu'il aurait fomenté lui-même, qu'il aurait du moins souhaité voir se produire pendant son absence d'Abidjan... et un deuxième, qui fut une vraie surprise pour lui. Le premier était organisé par les loyalistes pour se débarrasser des officiers et sous-officiers traîtres des Forces armées nationales de Côte-d'Ivoire (FANCI)... et le second un contre-complot de ceux qu'on appellerait les rebelles. Il ne semblerait pas que le ministre Boga Doudou ait été tué par les balles des rebelles. Des analyses balistiques en feraient fait foi.

Une question restait en suspens : d'où les rebelles tenaient-ils leurs armes ? Des rebelles aussi bien, voire mieux équipés que l'armée officielle, les FANCI. Les rebelles et leurs partisans prétendirent avoir récupéré tout leur armement à Bouaké, deuxième point d'appui et place forte de la Côte-d'Ivoire. C'est après avoir pris Bouaké qu'ils auraient acquis tout leur armement. Bouaké avait été investi grâce à la complicité des officiers de la garnison. C'était en partie vrai. Mais on avait aussi récupéré, sur les combattants laissés morts sur le terrain du côté des rebelles, des armes que les FANCI n'avaient jamais eues dans leur arsenal. De sorte que la question restait entière. Qui avait armé les rebelles ? On cita plusieurs noms. En premier lieu, Compaoré, le président du Burkina. Ensuite, pêle-mêle : Taylor, le président du Liberia, Kadhafi, le président de la Libye, Bongo, le président du Gabon... et Ouattara, l'opposant au régime de Gbagbo. Il se pourrait bien que tous les noms cités aient eu leur part au surarmement des rebelles qui avaient attaqué le 19 septembre.

Le 20 septembre au matin, les forces loyalistes se mirent à la recherche des rebelles qui les avaient attaquées dans la nuit. Rien ! Rien dans les concessions ! Rien dans les villas fouillées et refouillées ! Rien dans les jardins ! Rien dans les forêts environnantes d'Abidjan ! Absolument rien en fait de combattants, rien en fait d'armement ! Les combattants s'étaient évanouis dans la population cosmopolite d'Abidjan. Et cette disparition des combattants rebelles le 20 septembre aurait des conséquences incalculables. Elle serait à la base de l'apparition des escadrons de la mort dans le conflit.

En effet, quand les loyalistes constatèrent l'inexplicable disparition des rebelles, ils se dirent : « Les

Dioulas tuent en catimini et s'évanouissent dans la nature. Procédons comme eux, tuons dans l'anonymat et disparaissons. Et, puisque les vrais combattants sont introuvables, tuons tous ceux qui les ont inspirés, tous ceux qui pensent comme eux, tous ceux qui pourraient les aider en cas de nouvelle attaque. Faisons comme au charnier de Yopougon. Ni vu, ni su. »

Et le groupe bété de l'entourage de Gbagbo (d'après l'enquête de l'ONU) se lança à la recherche du général Guéï. Le pauvre général n'était au courant de rien dans le complot, il n'y participait pas. Ceux qui dirigeaient la conspiration étaient de ses ennemis jurés. Averti de leur arrivée et de leur intention, le malheureux alla se cacher à l'évêché, se plaçant sous la protection du chef de l'Église de Côte-d'Ivoire.

Les tueurs arrivèrent chez lui, dans sa villa. L'officier qui commandait le détachement de tueurs du haut d'un char d'assaut s'adressa aux militaires chargés de la sécurité du général Guéï. Il leur demanda de se rendre. Sur sa parole d'officier, il leur garantissait la vie sauve. Les gardes se laissèrent désarmer. Ils furent massacrés comme tous les habitants de la villa, jusqu'aux enfants. Les petits-enfants et les petits-neveux de Guéï furent exterminés. Sa femme avait réussi à faire le mur grâce à une échelle. Elle n'avait pas pu enlever l'échelle. Elle s'était réfugiée dans un fossé. Un tueur monta par l'échelle et la zigouilla dans le fossé. En tout, dix-neuf tués. Il ne fallait pas laisser de témoin, il fallait tuer dans l'anonymat, en catimini, comme les Dioulas.

Les tueurs se dirigèrent ensuite vers l'évêché. Le cardinal Akré était absent, il accompagnait le président Gbagbo dans son voyage à Rome. C'est donc le vicaire qui les reçut. Il leur garantit que le général Gueï n'était pas à l'évêché. Dès leur départ, le vicaire téléphona au cardinal pour demander des instructions. Il les attendait encore quand, à sa surprise, il entendit Radio France internationale annoncer que Gueï s'était réfugié à la cathédrale. La suite ne se fit pas attendre. Les tueurs revinrent sur leurs pas, pénétrèrent de force dans la cathédrale et s'emparèrent du pauvre général.

Ils jurèrent au vicaire, sur leur parole de chrétiens, que Gueï aurait la vie sauve. A quatre kilomètres de là, près de la clinique Sainte-Marie, ils le zigouillèrent. Pas de témoin. Tuer dans l'anonymat. Qui avait informé RFI de la présence de Gueï à l'évêché? Le vicaire fut formel, il n'avait informé que le cardinal.

A bord d'un 4 × 4 sans numéro d'immatriculation, la caravane infernale se dirigea ensuite vers la résidence de Ouattara, l'opposant de toujours. Heureusement, celui-ci et sa femme avaient pu faire le mur et s'étaient réfugiés à l'ambassade d'Allemagne, contiguë à leur domicile.

L'expédition des tueurs chez les Gueï s'était soldée par la mort de dix-neuf personnes. Le massacre avait été tel que Gbagbo et sa femme organisèrent pour le repos de Gueï et de sa famille une messe officielle à laquelle assistèrent les ministres et tous les responsables ivoiriens. Au cours de la messe, Gbagbo et sa femme eurent de la peine à retenir leurs larmes...

Les jours suivants, les tueurs (toujours l'entourage du président, et surtout le groupe ethnique) se lancèrent à la poursuite des adversaires politiques de Gbagbo et des Dioulas dans tous les recoins d'Abidjan et de toutes les villes sous le contrôle des loyalistes. A la poursuite des Dioulas et de tous les symboles dioulas. Ils tuèrent tellement d'imams (les imams sont les chefs religieux dioulas) que lorsque Koudouss, le président du Conseil national islamique de Côte-d'Ivoire, tomba malade, Gbagbo se crut obligé de payer dare-dare l'évacuation sanitaire du patient sur un important hôpital de Paris.

Cette expédition des tueurs cagoulés la nuit en 4 × 4 non immatriculés sema la panique parmi les adversaires politiques de Gbagbo et les cadres dioulas. Ils quittèrent en masse et en catastrophe la Côte-d'Ivoire pour se réfugier à Dakar, au Burkina, à Conakry et surtout en France.

Le soleil était arrivé au point de la troisième prière. Nous avions beaucoup marché et nous étions fatigués. Il fallait prier et se reposer. C'est ce que nous avons fait.

Moi, petit Birahima, j'ai tout enregistré, tout ce que Fanta a sorti de sa tête merveilleuse. Pour mon brevet, mon bac et ma licence, on m'interrogera sur tout et je répondrai comme un vrai fortiche incollable (qui répond à toutes les questions).

Le président Gbagbo est un marrant. Ses hommes tuent le général Gueï et lui et sa femme manquent de pleurer à la messe. Sans blague ! Ses hommes tuent tellement d'imams que lui, il se croit obligé de soigner leur chef pour que la Côte-d'Ivoire ne manque pas d'imams. Sans blague ! Gnamokodé (putain de ma mère) !

Le village près duquel nous nous sommes arrêtés était un village baoulé au bord du lac de Kossou. C'était jour de marché et le village était en fête.

Au moment de nous aligner derrière le chef de famille burkinabé pour accomplir notre troisième prière, un Dioula du village s'est spontanément joint à nous. Après la prière et les salutations d'usage, nous avons demandé par curiosité pourquoi ce jour

133

de marché était un jour de fête. Le Dioula, avec un gros sourire, nous a expliqué que la fête était une réjouissance régionale qui se produisait chaque année dans un village de la région. La rencontre comportait plusieurs concours. La sortie des masques, la nuit ; le concours de danses, la nuit ; tout de suite, la course cycliste et, demain matin, la course à pied. Cette rencontre avait une origine lointaine, une grande importance régionale, et le village qui l'accueillait s'y préparait plusieurs années à l'avance. Cette année, c'était le tour de ce village baoulé et les habitants avaient fait d'importants sacrifices pour réussir une bonne fête. Et puis la guerre était arrivée. Maintenant qu'il y avait un semblant de calme dans les opérations et que le pays semblait s'installer dans la division, les villageois avaient décidé de faire la rencontre quand même, pour ne pas perdre leur tour. C'est après de longues palabres que la décision avait été prise. Certains vieux du village ne l'avaient pas approuvée.

Le Dioula nous a fait remarquer que le soleil ne tarderait pas à se coucher et que la communauté musulmane du village se faisait le devoir d'accueillir tous les musulmans de passage. Avec insistance, il nous a demandé de passer la nuit au village. Le chef de famille burkinabé et Fanta ont accepté l'invitation avec plaisir et nous étions prêts à assister à la fin de la fête qui devait se poursuivre toute la nuit.

Nous nous apprêtions à suivre le Dioula notre guide pour occuper les cases qui nous seraient affectées pour la nuit quand, brusquement, est apparu dans le ciel un hélicoptère. Un hélicoptère, d'après mon dictionnaire, est un giravion dont les voilures tournantes assurent la sustentation et la translation lors du vol. Celui qui était dans le ciel était lourd, un genre de Sikorski-Igor, un lourd hélicoptère russe, piloté par des mercenaires ukrainiens recrutés par le président Gbagbo. Arrivé à la hauteur de la fête, le lourd hélicoptère piloté par des mercenaires ukrainiens s'est arrêté, est monté plus haut, s'est arrêté de nouveau puis est descendu doucement en faisant un bruit d'enfer. Les fêtards, d'abord effrayés, se sont dispersés en s'enfuyant dans un sauve-qui-peut. Mais, à la façon dont l'hélicoptère se maintenait en un lieu, remontait et redescendait, les danseurs ont cru que les occupants, ceux d'en haut, étaient des reporters photographes. Les danseurs sont alors revenus, ont commencé à se rassembler, à crier, à esquisser des gestes obscènes à l'endroit de ceux qui les observaient d'en haut. C'est quand il y eut assez de fêtards rassemblés, de spectateurs, assez de danseurs gesticulants, que les mitrailleuses à bord de l'hélicoptère se sont mises à tonner. Les lourdes mitrailleuses du lourd hélicoptère se sont mises à balayer, à faucher. (D'après mes dictionnaires, faucher, c'est couper, faire coucher à l'aide d'une faux.) En effet, beaucoup de fêtards étaient couchés, morts ou blessés, gravement blessés... coupés. Au bruit du mitraillage ont succédé les clameurs, les cris lancés par les villageois affolés qui couraient dans tous les sens. La panique ! L'épouvante ! L'horreur ! L'hélicoptère a poursuivi son mitraillage jusqu'au bout du village puis il est revenu sur les danseurs, les musiciens et leurs instruments. Pendant ce temps, Fanta, plus rapide qu'une biche, avait couru pour se réfugier dans la forêt. Moi, bien qu'embarrassé par le boubou trop large et le kalach, je me suis dépêché de la rattraper. Je courais aussi vite qu'un lièvre. Dans la forêt, nous nous sommes blottis, cachés jusqu'à la nuit, jusqu'au clair de lune. Quand le clair de lune est arrivé nous avons cherché notre chemin entre les pieds des arbres et les ronces. Miraculeusement, nous avons abouti à une route goudronnée. Rien à faire, c'était la route qui menait à Bouaké. Faforo (bangala de mon père) !

Nous avons ri aux éclats dans la nuit et nous sommes embrassés. C'était la première fois ! Allah est la providence. Il ne place jamais le bossu sur son dos.

Nous avons d'abord constaté que nos compagnons burkinabés avaient suivi leur direction et nous la nôtre. Nous nous étions séparés sans nous dire au revoir. Ça, c'est la guerre tribale qui veut ça.

Et moi, j'ai parlé, beaucoup parlé. J'ai dit à Fanta que Gbagbo avait eu raison de mitrailler les habitants du village baoulé au bord du lac de Kossou. Oui, on n'a pas idée de chanter, de danser et de festoyer pendant que toute la Côte-d'Ivoire souffre de la guerre !

Nous avons tous les deux marché en silence. C'était merveilleux de se trouver, tous les deux, rien que nous deux, au clair de lune, sur une route éloignée de toute habitation, perdue dans la forêt. J'avais des ailes, j'étais content comme il n'est pas permis de l'être après le massacre des habitants. J'avais un secret que je conservais dans le ventre (en français, on dit pas dans le ventre mais dans le cœur ou dans la tête). J'avais un secret important à dire à Fanta. Dès le premier jour que nous avions quitté Daloa, je l'avais précieusement conservé dans mon cœur ou dans ma tête. Je m'étais préparé à répondre à toutes les questions qu'elle pourrait poser. Mon secret, je l'ai sorti d'une seule bouche (on dit pas en français d'une seule bouche mais d'un seul trait). D'un seul trait, j'ai déclaré :

« Fanta, je voulais demander tes mains à tes parents pour que tu sois ma femme... »

Alors là, elle a hurlé comme une hyène prise dans un piège, hurlé jusqu'à réveiller tous les oiseaux qui dormaient sur les branches dans la forêt cette nuit-là. Les oiseaux se sont mis à voltiger au-dessus de nos têtes dans la nuit au clair de lune. Alors j'ai demandé à Fanta :

« Pourquoi tu cries comme ça, comme si on t'avait annoncé la mort accidentelle de ta maman ?

– Mais, petit Birahima, est-ce que tu t'es vu d'abord, avant d'avancer des choses comme ça ? » a-t-elle dit.

Je me suis mis au milieu de la route.

« Si tu veux, je vais me débarrasser du boubou trop large pour moi. Au-dessous, tu verras un homme en chair et en os, un homme musclé, ai-je répondu.

– Ce n'est pas ça. D'abord, je suis trop âgée pour toi.

– Le prophète Mohammed notre guide à tous s'est marié à une femme beaucoup plus âgée que lui.

– Tu n'auras jamais assez d'argent pour m'entretenir.

– Ne t'en fais pas. Arrivé à Bouaké, je vais te laisser chez ton oncle et rentrer aussitôt dans les enfants-soldats qui sont venus du Liberia et qui écument l'Ouest de la Côte-d'Ivoire. Par le pillage, j'aurai du pognon, beaucoup de pognon (beaucoup d'argent, d'après mes dictionnaires). Je pourrai avancer le prix d'un vieux gbaga (une camionnette Renault de transport en commun). Avec un gbaga, on peut bientôt en acheter un deuxième et, avec deux, marchander un troisième. Et ainsi de suite. Je deviendrai un patron, comme Fofana chez qui je faisais l'aboyeur à Daloa. Je deviendrai riche comme Fofana. Je pourrai t'entretenir comme une vraie grande dame.

– Attention, petit Birahima. Pour qu'un couple fonctionne bien, il faut que l'homme et la femme aient le même niveau d'instruction. Moi, je dois aller au Maroc, à l'université franco-arabe. Je serai licenciée et toi, tu n'auras même pas eu ton certificat d'études.

– Fofana, le transporteur de Daloa, ne savait même pas signer de son nom. Il était aussi con que la queue d'un âne. Pourtant, sa troisième femme était une licenciée qui enseignait les mathématiques au lycée. Elle était sa préférée et ça marchait bien. Mais moi, je vais me contenter de mon niveau actuel pour te marier. Je vais passer mon certificat, après ça mon brevet, après ça mon bac et ensuite ma licence pour être digne de toi. C'est pourquoi j'ai bien enregistré tout ce que tu m'as appris sur la géographie et l'histoire de la Côte-d'Ivoire.

– Bon, bon, à ce moment-là on verra. Quand tu seras licencié, je te répondrai.

– Non, non, il faut que tu sois à moi avant ton voyage au Maroc. Il faut que tu veuilles de moi avant que tes parents acceptent mes colas de fiançailles, avant le Maroc. Il faut que tu sois ma fiancée avant ton départ. Au Maroc là-bas, il y a beaucoup de baratineurs qui pourraient te détourner.

– Arrivons d'abord à Bouaké où se trouve mon oncle. Chez les Malinkés, c'est l'oncle qui accepte ou refuse les mains d'une fille. A Bouaké, tu pourras présenter ta demande à mon oncle... »

Nous avons poursuivi notre marche, notre voyage tous les deux en silence au clair de lune sur la route goudronnée de Bouaké. A un moment, il devait être très tard dans la nuit, des nuages ont commencé à voiler la lune. Aussitôt, le vent s'est levé.

Heureusement, nous étions à la hauteur d'un village. Rapidement, nous avons pu nous réfugier sous un hangar, au bord de la route. La pluie était là. Une forte pluie.

Quand nous nous sommes réveillés le matin nous n'étions plus loin de Bouaké.

Et il y avait des gbagas pour Bouaké.

Note sur la présente édition

« Et il y avait des gbagas pour Bouaké. »

Telle est probablement la dernière phrase qu'ait écrite Ahmadou Kourouma, la dernière qu'il ait saisie sur l'ordinateur portable dont il ne se séparait pas depuis des mois. Quand on refuse on dit non, *roman vrai de la Côte-d'Ivoire*, s'interrompt donc sur la double promesse d'un passage et d'une accélération. Passage : il s'agit bien de franchir une frontière, celle qui divise désormais le pays en deux territoires apparemment inconciliables. Accélération : le temps du récit (la longue marche de Fanta et Birahima du Sud vers le Nord) et le temps de l'histoire (la tragédie de la Côte-d'Ivoire, des origines à nos jours) sont sur le point de se confondre, de se voir engloutis par le tourbillon de l'actualité. « Des gbagas pour Bouaké », cela permet de gagner du temps, de laisser encore aux personnages du roman un peu

143

d'avance sur des événements dont ils ne sont pas maîtres. Quant au romancier, il se lançait là un fameux défi : comment rendre compte d'une histoire en train de se faire et de se défaire constamment sous nos yeux ? Comment achever le roman d'un pays qu'on n'a pas fini de voir naître ?

En août 2003, Ahmadou Kourouma assistait, sur les gradins du Stade de France, aux principales épreuves des championnats du monde d'athlétisme. Il commentait le spectacle avec un enthousiasme qui devait sans doute quelque chose à la nostalgie. Mais pas seulement. Peut-être l'auteur y puisait-il aussi des ressources techniques pour son roman en cours. Sous l'apparente simplicité du geste – courir, sauter –, dans l'instant de l'exploit, toute une combinaison de mouvements imperceptibles et de durées contradictoires.

Dans ses précédents romans, Ahmadou Kourouma avait adopté des dispositifs à la fois simples et savants pour rendre compte de cette disparité des durées. Généralement, le passé et le présent finissaient par se rejoindre, dans le rituel (En attendant le vote des bêtes sauvages) *ou la confession* (Allah n'est pas obligé). *Mais il s'agissait d'histoires considérées comme closes, d'épisodes délimités dans le temps. Rien de tel avec la Côte-d'Ivoire, livrée à un chaos dont nul ne peut prédire l'issue.*

Nous ne savons pas quel dispositif aurait finalement

adopté l'auteur. Tout indique, à la lecture des documents, qu'il hésitait encore entre plusieurs solutions. En tout état de cause, il m'a semblé indispensable de serrer au plus près la dualité vitesse-lenteur qui marque l'ensemble du récit, qui en est le rythme intérieur : une course contre la montre dans la longue durée historique.

En écrivant ce livre dans l'urgence (huit mois de travail ininterrompu), lui-même contraint à un exil dont il ne voulait pas admettre la fatalité, Ahmadou Kourouma savait qu'il ne faisait pas seulement œuvre littéraire. Plus encore que ses autres livres, celui-ci s'inscrivait dans une perspective politique et civique. Il lui fallait être à la fois précis et pressé. Mon intervention a consisté, autant que faire se peut, à rendre justice à cette double exigence, dans le respect du texte inachevé et de son inachèvement même.

Quatre lignes sont indéchiffrables. Elles sont indiquées (page 96) par les signes [...].

Le texte se présente principalement sous la forme d'un récit continu divisé en trois chapitres*. C'est

---

* Les précédents romans de Kourouma sont tous divisés en six sections : six parties pour *Monnè, outrages et défis*, six veillées pour *En attendant le vote des bêtes sauvages*, six chapitres pour *Allah n'est pas obligé*. Ne peut-on voir là une indication de ce qu'aurait pu être la construction définitive de *Quand on refuse on dit non* ?

celui qu'on peut lire ici sous le titre choisi par l'auteur : Quand on refuse on dit non. *Il s'agit de retracer l'itinéraire parcouru par petit Birahima, l'enfant-soldat de* Allah n'est pas obligé *désormais démobilisé, accompagnant la belle Fanta dans sa fuite, après un massacre dans sa ville de Daloa. Direction Bouaké, où l'on espère être protégés par les siens. Chemin faisant, Fanta entreprend de faire l'éducation de son jeune compagnon. Elle lui raconte l'histoire de la Côte-d'Ivoire, des origines à... des jours qui se rapprochent dangereusement. Birahima interprète l'histoire à sa façon, tout à la fois naïve et malicieuse. Le récit est ponctué de rencontres, pittoresques ou dramatiques, qui sont autant d'éclairages sur la réalité d'un pays en proie à la guerre civile.*

Dans des fichiers séparés, l'auteur a consigné deux fragments composés appartenant sans conteste au roman en cours, plus précisément à ce qui en aurait constitué la deuxième partie, située dans la ville de Bouaké. Le premier de ces fragments pourrait s'inscrire dans la suite chronologique directe des trois chapitres précédents. L'autre fragment concerne un épisode récent et peu connu de l'histoire ivoirienne, la rébellion dite du Grand Ouest.

Ahmadou Kourouma a également noté (sous ce titre) un synopsis de son roman. Or ce très court texte, en style télégraphique, laisse penser que l'auteur envisageait une construction très différente de celle qui apparaît ici à la lecture, les trois chapitres continus y figurant comme un grand retour en arrière. Quoi qu'il en soit, ce synopsis nous permet d'entrevoir ce qui aurait constitué la suite du roman... à défaut de sa fin.

Reste une frustration pour le lecteur à l'esprit romanesque : nous ne saurons pas ce qu'il advient de l'amour qu'éprouve Birahima pour la belle Fanta. Une indication cependant sur le rôle qu'aurait joué celle-ci dans la suite du récit : Ahmadou Kourouma envisageait de la rebaptiser Sophie-Fanta, en hommage à sa fille cadette, dont il admirait l'érudition et l'opiniâtreté à l'étude...

Je tiens à remercier chaleureusement Christiane Kourouma et ses enfants, Nathalie, Sophie, Stéphane et Julien Kourouma, pour la confiance qu'ils ont bien voulu m'accorder et les encouragements qu'ils m'ont prodigués tout au long de ce travail.

Pourvu qu'il y ait encore longtemps des gbagas pour Bouaké...

Gilles Carpentier

Supplément au voyage
de Birahima

Synopsis

· Intervention de petit Birahima au passé

Arrivée à Bouaké. Oncle riche. Dioula exemplaire. Grande cour. Beaucoup de personnes à nourrir. L'oncle aime beaucoup Fanta. Seul responsable maintenant de Fanta. Il paiera ses études. Il est grand orateur et partisan sans concessions de la rébellion. Réunion dans la cour après la prière. L'oncle raconte : Attaque des forces loyalistes. Charnier des gendarmes.

Rires de toute l'assistance quand on apprend ce que veut Birahima. Le lendemain, petit Birahima se soûle et fait des déclarations impertinentes. L'oncle de Fanta le fout dehors. Parce qu'il boit, se drogue et surtout parce qu'il aime Gbagbo. Il le renvoie de la concession à cause de ses déclarations en faveur de Gbagbo.

Birahima rencontre Namakoro, roi des boxeurs et devin. Il décide de chercher de l'argent pour avancer une voiture et marier Fanta. Il a le choix : entrer dans la jeunesse des rebelles à Bouaké, chez les jeunes patriotes à Abidjan ou chez les rebelles du Liberia. Il ira là où l'on gagne le plus d'argent. Le devin Namakoro lui conseille les supplétifs libériens. Aventure avec les Libériens. Charniers. Libération par les jeunes patriotes. Il retourne chez les Libériens et est blessé. Raconte son blablabla à Sita.

Arrivée à Bouaké

Nous sommes arrivés le lundi vers quatorze heures. Le mardi soir à vingt-deux heures, après la prière, arrivaient et partaient encore des délégations de Dioulas pour saluer Fanta, la nièce de Mamourou. Ce qui signifiait dans le milieu dioula que Mamourou était un homme important et riche de la communauté. En effet, Mamourou était un des trois transporteurs les plus fortunés de Bouaké. En plus de sa fortune, il était orateur-né et donc regardé comme un homme politiquement bien introduit. Quand tu es riche et orateur dans la communauté dioula, c'est Allah qui t'a comblé et bien comblé : tu es un élu.

D'abord, l'arrivée de Fanta fut considérée comme un événement et son exploit comme celui d'un chasseur qui, à terre sous une panthère, est parvenu à s'en débarrasser et à faire fuir le fauve.

Invariablement, le chef de chaque délégation répétait :

« Nous sommes venus pour dire une prière à la mémoire

de ton père, victime des escadrons de la mort, et pour saluer ton courage d'avoir pu quitter Daloa et arriver sans malveillance ici, à Bouaké, par les routes dangereuses. C'est Allah qui t'a sauvée, c'est lui qui décide tout. Remercions-le encore pour ce dont il t'a gratifiée et ce qu'il fait pour nous et demandons-lui de nous préserver des nombreux pièges de la vie de guerre actuelle. »

Et, invariablement, Mamourou répondait :

« Ma nièce Fanta n'est pas venue seule. Elle a traîné sur une route dangereuse un jeune Doumbia. Je reste le seul soutien d'une fille si courageuse. Si Allah m'accorde la santé et les moyens, dès la rentrée prochaine elle ira étudier au Maroc, à Rabat. »

Mamourou et les membres de la délégation récitaient ensemble des « bissimilaï ». Tout le monde se saluait et les membres de la délégation disparaissaient dans la nuit.

Comme tout Dioula riche, Mamourou logeait et nourrissait une flopée de personnes. Sa cour était vaste, riche d'une dizaine de maisons toutes remplies d'enfants et de leurs amis ; de femmes et de leurs sœurs, de cousins de cousins, de neveux de neveux, de connaissances de connaissances... Aux repas, il y avait près de quarante personnes réparties en trois différentes zones d'accroupis.

Le mercredi, le surlendemain de notre arrivée, après la prière courbée en commun sous la direction de Mamourou, après le repas, tout le monde se trouva devant la maison pour la grande palabre au cours de laquelle Fanta devait faire le compte rendu de son prodigieux voyage. Fanta voulut en effet parler, mais elle fut interrompue

par le griot de la famille. Le griot raconta d'un trait le
voyage avec des rajouts et des invraisemblances qui
m'obligèrent à fermer la bouche, moi, petit Birahima!
Tellement les mensonges étaient gros!

Mamourou commença à parler doucement.

La rébellion du Grand Ouest

Pendant que le pouvoir était en train de négocier avec les mercenaires et les vendeurs d'armes de toute la planète pour se procurer les moyens d'assommer la rébellion du Nord, quelque chose qui n'avait pas de dents mordait le gouvernement ivoirien dans le flanc gauche. C'est-à-dire qu'une surprise totale et désagréable sortait de l'Ouest de la Côte-d'Ivoire sous la forme d'une rébellion appelée « Mouvement populaire ivoirien du Grand Ouest » (MPIGO).

Des soldats de l'ethnie de Gueï, des Yacoubas, entraient dans la danse du désordre, du feu et de la mort. Faforo (bangala de mon père) !

Rappelons que Gueï était le général putschiste, chef d'État que les dragons de la mort avaient assassiné dès les premières heures de la rébellion du 19 septembre. Ils avaient été zigouillés, lui et toute sa descendance, ce matin radieux et macabre. Avaient péri son épouse, tous ceux de ses enfants et petits-enfants qu'on avait trouvés sur place. Les escadrons de la mort avaient massacré en tout dix-neuf personnes de la famille ou proches de Gueï. Ces personnes avaient été zigouillées à l'évêché ou dans les fossés de la villa où elles s'étaient réfugiées. Walahé (au nom d'Allah) !

En moins d'une semaine, les soldats yacoubas voulant venger la malemort de leur général putschiste étaient entrés dans la danse et avaient conquis la grande ville de Man et ses environs. Devant eux, les loyalistes avaient déguerpi comme des gars ayant à leur trousse des essaims d'abeilles effarouchées. Ils avaient décampé rapidement et s'étaient réfugiés dans la forêt sans armes, ayant troqué leurs tenues militaires contre n'importe quel boubou arraché à l'habitant. Les soldats loyalistes avaient fui rapidement parce que les rebelles étaient bardés d'objets magiques qui protégeaient leurs personnes contre les balles.

Les rebelles s'étaient taillé rapidement une vaste zone dans la forêt de l'Ouest ivoirien. Leur préoccupation était d'empêcher les populations de déserter leur zone pour se réfugier dans les villages sous l'autorité des loyalistes. Pour retenir leur population, les rebelles du Mouvement populaire ivoirien du Grand Ouest (MPIGO) eurent l'idée géniale de faire appel aux massacreurs libériens.

Depuis douze ans, régnait au Liberia une atroce guerre civile qui a été présentée dans *Allah n'est pas obligé*. Cette guerre a été menée par des enfants-soldats qui ont grandi et sont devenus de vrais soldats. Une fois la paix revenue dans leur pays, ils n'avaient plus d'emplois de tueurs. Ces anciens enfants-soldats sont des étrangers pour les Ivoiriens, ils ne sont connus par aucun des villageois ivoiriens. Ils n'ont jamais passé une nuit dans une case avec la pitié d'un village. Ce sont eux qu'on appelle les massacreurs ou supplétifs libériens. Ils avaient massacré une population entière, sans pitié, comme on massacre une forêt qu'on veut faire disparaître. Pour retenir leur population et pour déstabiliser les villages frontaliers sous l'autorité des loyalistes, c'est à eux que les rebelles du MPIGO ont fait appel. Les massacreurs ont fait des virées dans la zone des loyalistes, ils ont zigouillé proprement les habitants de ces villages. Parmi lesquels se trouvaient de nombreux déserteurs de la zone rebelle venus en zone loyaliste pour rechercher l'introuvable sécurité. De sorte que cette sécurité était désormais mieux acquise en zone rebelle qu'en zone loyaliste. Les populations se sont donc repliées sur la zone rebelle. Quand le pouvoir officiel ivoirien a vu cela, lui qui disposait d'infiniment plus de moyens et de tout le budget ivoirien, il a réagi. Il a fait débaucher les massacreurs en leur offrant des salaires cinq fois supérieurs et des machettes, des kalach et des munitions à profusion. Ainsi armés d'outils performants, les massacreurs ont fait des virées en zone rebelle. Ils ont tellement opéré avec tant de minutie et de cruauté en zone rebelle, à Bongolo, que l'écho a fait trembler la tour de verre de l'ONU, à Manhattan. Des têtes sans cou par-ci, des bras sans corps par-là, et ailleurs des hommes sans tête ni jambes. Il a fallu quatre immenses charniers pour enterrer toutes ces horreurs. Les charniers font du bien

159

au sol ivoirien. Ils enrichissent la terre ivoirienne, le meilleur sol pour faire pousser le cacao et le café.

L'ONU a réagi aux boucheries des massacreurs en commandant aux forces du contingent français à Abidjan de désarmer les massacreurs et de les enfermer dans des casernements en attendant d'être jugés.

Le pouvoir ivoirien l'a compris. Il a alors envoyé son bras séculier, le général Coudé, le général des jeunes patriotes, pour libérer les massacreurs. Les jeunes patriotes sont des étudiants et des jeunes sans emploi qui, dit-on, émargent dans une officine de la présidence de la Côte-d'Ivoire. Les jeunes patriotes, avec le général Coudé, ont par la force réussi à libérer soixante et onze supplétifs libériens appelés massacreurs. L'ONU bafouée a fait voter des résolutions.

Table

Quand on refuse on dit non

Note sur la présente édition

Supplément au voyage de Birahima

Les Soleils des indépendances
Prix de la Francité
Prix de la Tour-Landry de l'Académie française
Prix de l'Académie royale de Belgique
Seuil, 1970
et « Points », n° P 166

Monnè, outrages et défis
Prix des Nouveaux Droits de l'Homme
Prix CIRTEF
Grand prix de l'Afrique noire
Seuil, 1990
et « Points », n° P 556

En attendant le vote des bêtes sauvages
Prix du Livre Inter, 1999
Prix Tropiques, 1998
Grand prix de la Société des Gens de lettres
Seuil, 1998
et « Points », n° P 762

Le Diseur de vérité
théâtre
Acoria, 1998

Yacouba, le chasseur africain
Gallimard-Jeunesse, 1998

Le Chasseur, héros africain
Grandir, 1999

Le Griot, homme de paroles
Grandir, 1999

Allah n'est pas obligé
Prix Renaudot, 2000
Prix Goncourt des lycéens, 2000
Prix Amerigo Vespucci, 2000
Seuil, 2000
et « Points », n° P 940

RÉALISATION : PAO ÉDITIONS DU SEUIL
S.N. FIRMIN-DIDOT AU MESNIL-SUR-L'ESTRÉE
DÉPÔT LÉGAL : SEPTEMBRE 2005. N° 82721 (74820)
IMPRIMÉ EN FRANCE

Collection Points